U0526868

拾意芭果

杨建雄诗选

杨建雄 著

北方联合出版传媒（集团）股份有限公司
春风文艺出版社
·沈阳·

图书在版编目（CIP）数据

恰逢花开：杨建雄诗选 / 杨建雄著. —沈阳：春风文艺出版社，2023.9
ISBN 978-7-5313-6384-2

Ⅰ.①恰… Ⅱ.①杨… Ⅲ.①诗集—中国—当代 Ⅳ.①I227

中国国家版本馆CIP数据核字（2023）第006551号

北方联合出版传媒（集团）股份有限公司
春风文艺出版社出版发行
沈阳市和平区十一纬路25号　邮编：110003
辽宁新华印务有限公司印刷

责任编辑：姚宏越	助理编辑：孟芳芳
责任校对：于文慧	封面设计：杨建雄
封面摄影：李　欣	封面题字：杨建雄
诗集插图：杨建雄	幅面尺寸：185mm×260mm
字　　数：342千字	印　　张：33.75
版　　次：2023年9月第1版	印　　次：2023年9月第1次
书　　号：ISBN 978-7-5313-6384-2	定　　价：99.00元

版权专有　侵权必究　举报电话：024-23284391
如有质量问题，请拨打电话：024-23284384

追寻、秉持与怀想

——序杨建雄诗选《恰逢花开》

李松涛

农历壬寅年四月，时逢满山遍野槐花绽放，清幽而浓郁的芬芳弥漫得无所不在。受朋友之托，我于山环中的乡居，潜心为一部诗集作序。这真是一次久违了的阅读，两年多来痛切感受着新冠肺炎疫情的纠缠，此刻神思从这天灾中蓦然抽身而出，与诗歌竟有种重逢之感。

本书的作者名为杨建雄，网名积健为雄，号四无斋主。虽顶着充溢阳刚之气的名号，其实是位女性。

建雄与诗歌结缘甚早，父亲用来自民间的叙事名篇《木兰诗》和来自唐代李白的《忆秦娥》，为年幼的女儿启蒙。那时，她年方五岁。这一诗一词韵律与意境，悄然植入心田，数十载过去，至今尚能流利地脱口成诵。

建雄十四岁那年，偶于书店邂逅了庚辰本《红楼梦》，她毫不犹豫地倾其所有——二十八元六角钱毅然购得，如获至宝，从此披阅通宵达旦，复读不舍春秋，前后翻看了数十遍，若干章节与诗句烂熟于心。后来，为了纪念从小到大对《红楼梦》的钟情，她还临摹了著名人物画家刘旦宅先生的《石头记》四十米长卷，并作《红尘是无可奈何的一场轮回——临摹刘旦宅先生〈《石头记》人物画册〉随感》以纪之，曹雪芹纪念馆曾闻讯索要收藏她的画卷。《红楼梦》对她平生审美观念的形成及待人接物的处世姿态，都产生了潜移默化的影响。这便是人与巨著互动产生的力量。

而建雄真正动笔写诗，则是较晚的事情。冥冥中如有神谕，在一个恰切的时间经纬交汇点上，灵感叩门了，日积月累的诗情被突然引爆。2019年8月发端，至今不足三年光景，她已写诗千首。题材广泛：怀旧、思亲、警世、自勉、欢愉、沉静、焦虑、幽思……取舍由心，信手拈来便抖擞笔端。内容的择定与绘写的韵致，如放眼秋山，色彩斑斓丰富。应该指出，集子中不乏含金量颇高的篇章。字里行间，令人眼前一亮的奇思妙想和神来之笔时有所见。面对她汹涌而出的写作态势，似乎可以断言，此前她求学、劳动、工作、尽孝、游历、阅读、绘画……这一切的一切，更像是她有意无意为诗所做的铺垫。是的，有年岁岂能无经历？有情感岂能无故事？过往的点点滴滴，都成了她凝思与体悟后，用分行文字叙述与抒怀的素材。

我欣赏《成熟的声音》的内涵与表征，人物、季节、情脉于娓娓道来中从容隐现，首尾之间，叙事因素不动声色地参与了抒怀喻志，斑斑细节在跳跃中绽露，牵动着读者的想象。"犹疑婉转的秋雨 / 为你斟满丈量四季的酒樽"，这种诗化的语句，有效地增加了作品的感染张力。诗的末段如下：

　　今天以后 / 秋叶飘落纷纷 / 你带着镰刀的吻痕 / 告别大地 / 告别流年落寞的清纯 / 和霜雪即将 / 举行一场大婚 // 我喜欢听孤独的声音 / 我渴望岁月生津 / 我把无尽思念倾尽于 / 遥远的你 / 和明春的诗文 / 一边是秸秆燃起的烟火 / 一边是成熟灌溉的灵魂

秋风萧瑟之时，"孤独"成为一种"声音"，而这种"声音"意味着"成熟"。无论是被理性催熟，还是被无奈催熟，总之，"被成熟"乃是人生必经阶段，所有人都概莫能外。

爱好，是令生命增值的部分。大约与诗人擅长美术有关，建雄的文字似亦借鉴了绘画般技艺。细致入微地刻画与描摹，让物象生动有加。孩提时举家迁居，生养之地的乡土气息，滋养了长大后的悠悠忆念。曾几何时，她年龄虽小，仍不忘帮大人干诸般农活：插秧、施肥、剪枝、择菜、搓苞米、脱谷扬场、渍酸菜。犹记屋侧那一片稻田青葱欲滴，雨后隔窗聆听起伏的蛙鸣，浸入土炕上的酣梦……这种种场景均带着缠绵的情愫，在她笔下陆续再现了。《忆小时候过大年》《故乡的炊烟》《从前那些时光》《永远的老屋》《故乡的土炕》《灯笼花》等等，近于白描的工笔手法，勾勒出一幅幅故土岁月、童年时光的风俗画。

读者与作者合作谋划一种共鸣，而那契合点无非就是一个"懂"字。倘要读懂建雄，不妨先读她的《懂》：

> 懂是虞姬刎剑的勇气／懂是不复鼓瑟的传奇／懂是西厢通语的妙词／懂是泛舟五湖的忘机／懂是红拂的决绝与相惜／懂是仲卿的厮守与比翼／懂是倾盖如故 放你在我的手里／懂是无以言表 打心底地欢喜／懂是从此不离永不相弃／懂是行到水穷坐看云起／懂是最壮烈的生死最凄美的别离／懂是今生有缘不能继续／来生我依然属于你

《懂》既是自我剖白，也是朗声宣言，从"虞姬刎剑的勇气""最壮烈的生死最凄美的别离"这等句子中，会读出一往无前的坚毅和万难不悔的果敢。由此，我下意识地由"杨建雄"想到"花木兰"，这古今之间、虚实之间尚有什么关联吗？"花"与"兰"皆属软性字眼，人却豪气冲天，"万里赴戎机／关山度若飞／朔气传金柝／寒光照铁衣"；而名中有"建"且"雄"的诗人，远离征战与啸叫的沙场，徜徉于平民的千般庸常琐碎之境，于阳光下作画，于月色里吟诗，似乎无关凛然与勇猛。然而循诗细察，似也可以瞭到某种另类的英姿：譬如她在终身大事上，不敷衍，不迁就，不向世俗低头，拒绝从众，敢想敢为，我行我素，赫然以挑战的态势迎风而立。

在对人生的规划与践行上，情缘无疑是重头戏。从某种意义上评价，是否可以这般形容：富于主见，富于个性，建雄算是个逆行者了。

集子中爱情题材的诗，皆可品读。出于对美好爱情的向往，建雄信奉著名诗人徐志摩的信条："我将于茫茫人海中访我唯一灵魂之伴侣；得之，我幸；不得，我命。"强烈的、坚定的、不倦的渴望，体现了建雄在情感上的特立独行。古今典籍中，爱情诗自《诗经》始，伴随着世代生命的递进，诞生了无数山高水远的千古绝唱，使佳什迭出的情诗彩廊上花团锦簇。建雄的此类作品，以其走心的真情实感，言之有物，言之有情，展示了自己不同的色调、不同的气息，例如《余生的我》《债》《桃花瓣》《你的眼神》《雨》等等。我注意到，集子中的许多作品，背后或底蕴其实都是爱的激发和驱动，《成熟的声音》不是吗？《懂》不是吗？《听雨》不是吗？生活之爱、生命之情，已成了她的思维底色，甚至是诗文的进入方式和惯性表达。

我突发联想：建雄酷爱《红楼梦》，她最喜欢《红楼梦》中的哪位人物、哪个情节？又记起她父亲教其诵读的《忆秦娥》，那词里有一句"秦娥梦断秦楼月"，明白无误道出此中有"楼"也有"梦"，而"箫声咽""梦断""伤别""古道""陵阙"则喻示着漫漫情爱之路，实乃脚印相叠的人间古道。太阳底下没有新鲜事物，从大规律着眼斟酌，尘寰要事不外乎都是循环与重复。成色十足的真爱无药可医，往往落得"梦断""伤别""音尘绝""西风残照"，看似年年柳色翻新，根上也只是往季的克隆而已，如同痴情男女的终极结局。《余生的我》借用了《忆秦娥》的调式，抒发了"再绚烂的霞光云朵／也会随风渐渐零落"的叹惋：

多少欣喜最后变成沉默／多少沉默最后悄然无果／只听得一曲《忆秦娥》／浅唱我是个匆匆过客／我已不再有当年的青涩／却还想重回年少的婆娑／当花儿再开／你可会在金陵打马长歌／愿你的眼睛化作／春梅绽雪／激滟清波／倒映出余生的我

建雄那首《红尘是无可奈何的一场轮回——临摹刘旦宅先生〈《石头记》人物画册〉随感》，借古寓今，推演中表述的也是这个意思：

红尘是无可奈何的一场轮回／这般匆匆草草你我怎得安逸／读破红楼此生大梦才归／这般酸酸楚楚谁与沉醉

一唱三叹的《落叶落》悲秋怅惘，实为人类触景生情的复调感喟，愁绪越古今：

落叶飞，何处再转回？／缭乱飞不尽，憔悴入罗帷。／落叶默，春去秋又催。／我去不知返，飘零无所归。

明朗畅达，直抒胸臆。在现代的语境中穿行，不时会邂逅某些传统的文化元素，这是本书的显著特点。关于集子中的古体诗词部分，在此就不深入评析了。这类作品庄重典雅，格律规范，除了必备的平仄对仗之外，寻求新颖的意韵似乎更为要紧。尽量少用旧典，以减少略嫌累赘的释读文字。从避免外在流俗展开构思，争取释放日积月累的内在素养，以抵达诗词表里相映的境界。

建雄的千日之劳，便取得如此不俗的业绩，值得为之点赞。然深究细酌，她还有较大的提升空间。依照诗歌必备的要素，须从构思与语言两个方面，努力求新，以新求存。诗是语言的艺术，而那层级应是所有文字的天花板。遣词造句倘能再往前"拱"那一下，就恰好稳稳准准地敲到"点"上，建雄当更重视修炼这最后登顶的足力。诗贵以少胜多，讲究含蓄，诗人须增强删繁就简的本领，诗作初成后要反复推敲，精简便是浓缩，这个流程会让诗显得更凝练。世人熟悉并热爱的古典诗、词、曲、赋中，新诗百年积累下的众多优秀作品里，都有不乏令人拍案击节的模本，期待诗人深潜其中，去寻访叩问攀峰的必由之路。

作品存在的依据，只能靠个性化风格，边缘清晰到必与其他人有所区别。盼建雄更有意识地躲开前人、躲开别人而找到自己。相信以她的用心用情，又有多种艺术实践的增援，自会拥有日臻成形的独特面目。

诗在当下，并非什么一时无两的灵通之物，与功利无涉，与生计无涉，与消遣无涉，只与情怀有关，但建雄需要。本真之人，写本真之诗。诗歌是她精神血脉的一部分，是她生命尊严的一部分。她的人生观、价值观，甚至她的存续感，皆在其中了。诗歌宛似贴心的闺密，不眠不休、随时随地、忠实地陪伴着诗人，将一缕缕美好的思绪，化作一行行美妙的诗句。

建雄在重峦叠嶂的人生路上不曾迷失，风雨坎坷没能把她绊倒，艰难险阻没能把她俘获，穿越阴晴之后，她已是自己心明眼亮的向导。人生就是在一次次选择中完成的，选择路径，选择状态，只要是从心之"选"，只要是快乐之"择"，便是对意义的拥抱。绘画的建雄，写诗的建雄，在这个时代，选择用如此雅致的方式绘写形神兼备的自己。

此集的出版，无疑是建雄写作的一个阶段性成果，但又何尝不是一次人生的储存。对于一个尊崇文化、持笔昂立的人来说，有这样一本言为心声的书，会令前行的脚步越发坚实。面对拥诗行世、穿越春秋的建雄，忽又记起她时尚的四字网名"积健为雄"，便顺势祝愿——

健乃健康之健，健全之健，健美之健；

雄乃雄心之雄，雄厚之雄，雄奇之雄。

我用"追寻、秉持与怀想"为题，是觉得这三个词大体可以概括作者对待人生与艺术的基本情状。

久不作文，笔墨生疏矣！磕磕绊绊，是为序。

壬寅端午前夕写于辽东乡居

目 录

现代诗

恋上黑天鹅 …………………003
雨·路 ………………………004
汝窑开片 ……………………005
眼 泪 ………………………006
回不去了 ……………………007
秋 思 ………………………008
让我泪流满面的 ……………009
一朵睡莲 ……………………010
针线的体温 …………………011
在最寂的岁月 ………………012
我 的 心 ……………………013
远 山 ………………………014
藕 荷 色 ……………………015
如果可以选择 ………………016
牵 牛 子 ……………………017
懂 …………………………018
留得残荷听雨声 ……………021
见 到 你 ……………………022
玫瑰有刺 ……………………023

好 短 ………………………024
爱 …………………………025
一直在行旅 …………………026
来世我还做一株蒿草 ………027
下着雨的海 …………………028
你站在什么方向 ……………029
冬日的老鸹窝 ………………030
天使都如此孤单 ……………031
我眼里是雨 你眼里是冰 ……032
红尘是无可奈何的一场轮回 …033
我在良辰美景等你的出现 ……034
一副旧羊皮手套 ……………035
描不出孤独的祸首 …………036
此生只可绽放一次芬芳 ……037
爱情·婚姻 …………………038
忆小时候过大年 ……………039
三十年前的除夕 ……………042
新岁初曲 ……………………046
故乡的炊烟 …………………047
寞 …………………………049
行 囊 ………………………050

001

目录	
黎明·林间	052
从前那些时光	053
月夜	055
余生的我	057
梅山早梅	059
叹	060
谁	061
春	062
最想走进谁的世界	063
永远的老屋	065
岸边	067
母亲·月光	069
如果	072
桃花瓣	074
童年的小河	077
夜雨	081
春 去哪儿啦	082
海豚之恋	084
龙井的味道	086
无可淡忘	087
立夏·遇见	089
失眠	091
雨	093
蒲公英	095
五月 槐花	096
大唐的女子	097
有一个世界	100
寂寞	103
父亲·扁担	104

过客	107
故乡的土炕	109
荷塘冥想	111
入夜微雨	112
债	113
松	115
等待	116
梦想	118
红蓼	119
微雨夜跑	120
无奈	121
随想	122
七夕夜	123
我在江南等你	125
拥抱·秋	127
遇见	129
七彩丹霞	131
翡翠湖之恋	132
成熟的声音	133
遗憾	135
深秋的海	137
怒放	138
思念	140
我的世界很小	141
夜雨伤别	143
快乐是啥	144
有些相逢	146
最好的永远	148
一场浅梦	150

夜 昙 …… 152	暮 春 …… 201
渡 口 …… 153	想 你 …… 203
相 遇 …… 154	写给五一 …… 204
冬夜夜跑 …… 156	立 夏 …… 206
望江南 …… 157	非你不可 …… 208
我从你身边飞过 …… 159	母 爱 …… 209
回 忆 …… 161	赠别离 …… 211
春心无处不飞悬 …… 163	你的错 …… 212
那 一 生 …… 164	独自和日子寒暄 …… 214
立 春 …… 167	错 过 …… 215
撷一朵海棠 …… 169	玫 瑰 …… 216
徘 徊 …… 171	芦苇·盘锦 …… 218
烹 茶 …… 173	单相思的罪 …… 220
总 想 …… 175	灯笼花 …… 222
我是一缕炊烟 …… 177	来生只想做一条路 …… 224
驴打滚 …… 179	一只小蝌蚪 …… 225
有这样一个你 …… 180	折磨人的思念 …… 226
三月的风沙 …… 182	已到中年 …… 228
盼 春 …… 184	端午情思 …… 230
影 子 …… 185	亏欠的心 …… 232
盼 雨 …… 186	当夜雨停落 …… 234
何谓真相 …… 188	盛夏之夜 …… 236
绿 萝 …… 190	昨天今天和明天 …… 238
玉兰劫 …… 192	我的思念 …… 240
最难熬的事 …… 194	你是我今生在等的人 …… 242
风爱上沙漠 …… 195	错 …… 244
在文字里 …… 196	一丈红 …… 246
码 头 …… 198	你的眼神 …… 247
与书结合 …… 200	一转眼 …… 249

我愿做八月的白云一朵 …… 253	今天晚上真的很好 …… 290
我是风多好 …… 254	这个世界原本就如此这般 …… 291
在 诗 外 …… 256	我只是记得 …… 292
竹 …… 257	你能回馈的 …… 293
秋 …… 258	冬天来了 …… 295
寻 找 …… 260	谁能为我停步 …… 296
一种煎熬 …… 261	喜欢这个初冬的模样 …… 297
最 希 望 …… 262	胆 怯 …… 298
虽然你不一定看到 …… 263	写一封信给你 …… 300
你从哪里来 …… 264	不知你可好睡 …… 301
喜 欢 …… 265	梦里还隔一重帘 …… 303
此刻的你是否如我一样 …… 266	想你的时候 …… 304
漂泊的心 …… 267	老 照 片 …… 305
我现在才愿意对你讲 …… 268	醉 酒 …… 306
许在来生 …… 270	冬 …… 307
恕我不能再等 …… 272	我的目之所及 …… 308
写给陶渊明 …… 273	他叫许文强 …… 309
恰给我遇见 …… 274	红尘路窄 …… 310
开向你的时光列车 …… 276	由不得我和你 …… 311
祖国 我与你紧密相连 …… 277	烛 火 …… 313
我 发 现 …… 278	矛 盾 …… 314
我无奈地告诉你 …… 280	后来有人问我 …… 317
佯装地说 …… 281	蜡 梅 …… 318
往后余生 …… 282	好想和你说话 …… 319
也不知到底是谁 …… 283	不 愿 …… 321
胡思乱想 …… 284	自从认识你 …… 322
我 愿 你 …… 286	孤 独 …… 323
我亦深知你的艰难 …… 288	躺在思念的月牙上 …… 324
想 …… 289	写在小年 …… 325

我这一生啊	326	不喜欢我的你	363
一口老缸	327	不是喜欢孤独	365
你一定会很快乐	329	我爱的是	366
遗 憾	330	又何必强求	367
月 亮	332	人间须臾	368
枕 头	333	月光碎在了屋顶	369
无法来到你床前	335	听 雨	370
不会在意的一缕晨风	336	因为你不懂	371
我 说	337	后 来	372
煎饼馃子	338	我的文笔没什么特别	373
围 城	340	写	374
有风拂过的日子	342	你 说	375
我的爱情	344	绝 不	377
书	345	你 以 为	378
来或不来	346	伪 装	379
母 亲	347	刺痛感	380
卑 微	349	我原是憔悴落寞的写诗人	381
努力的脚步	350	我 和 风	382
我这半生	351	独 伶	383
活成一棵树	352	诗写远方	384
某天遇你	353	题旗袍照	386
饮遍人间烈酒	354	一直在等你	389
夏已无言	355	我帮你把酒倒满	390
宿 命	356	自画小像	391
写给高考的少年	357	今夜的雪	392
你在 你不在	358	我的孤独	394
为何我总独自一人	359	落款一定是你	395
如此佳时	361	醉酒之前	397
最好的借口	362	往事收藏	399

旧体诗

庄周蝶问 …… 403
残荷 …… 403
无题 …… 403
忆故四首 …… 404
忆少小 …… 405
竹影 …… 405
夜怀 …… 405
落叶落 …… 406
初冬感怀 …… 407
悲老树 …… 407
咏雪四首 …… 408
遥赠友人 …… 409
得长生学兄赠烛台 …… 409
与友论"白发如新倾盖如故"
　并赠 …… 409
乙亥冬月廿四夜 …… 410
乙亥冬至晨感 …… 410
雪 …… 411
童年夜曲 …… 412
即景二首 …… 412
立冬 …… 413
冬日登山 …… 414
乙亥腊月廿八访故友 …… 414
春夜即事 …… 414
缺月 …… 415
立春感怀 …… 415
上元节 …… 415
独卧 …… 416
春归 …… 416
初春 …… 416
晨起读书怀古 …… 417
庚子元月廿八雪后 …… 417
访友感怀二首 …… 418
苔 …… 418
南乡子·夜吻窗纱 …… 419
秋风清·红尘躁 …… 419
章台柳·春泥软 …… 419
下厨十首 …… 420
捣练子·独对影 …… 422
忆秦娥·利名瓮 …… 422
清平乐·岁华寻遍 …… 422
龙居寺后池塘 …… 423
李煜 …… 423
喜春来·思 …… 423
归耕 …… 424
夜跑二首 …… 424
听梨雨醉酒随赋 …… 425
入夜遣怀 …… 425
春晨懒卧雀惊不眠二首 …… 426
月上海棠·五月归乡 …… 426
昭君出塞 …… 427
雨夜寄语 …… 427
知二○二○年五月廿七日珠峰高程
　测量登山队成功登顶随感 …… 428
酒泉子·五十二期进修班
　毕业一周年有感 …… 428

浪淘沙令·五十二期同窗稻作	兰州牛肉面 …………… 442
人家晚宴欣然有作 ……… 429	游拉卜楞寺 …………… 442
过半世歌 ………………… 429	观黄河九曲第一湾 …… 443
蛰　伏 …………………… 430	甘　肃　行 …………… 444
半味小馆与五十二期同窗吃酒	北戴河培训一别两年余
品三合居熏肚老胡烧鸡 … 430	兰州会老友张敏 …… 445
鑫安园傍晚赏荷 ………… 431	行　旅 ………………… 445
醉酒怀古 ………………… 431	别友感事二首 ………… 446
北斗组网最后一颗卫星发射成功 … 432	与清浅同尝翡翠蟹柳粥 … 446
芰　荷 …………………… 432	暮秋当值 ……………… 447
拍蚊二首 ………………… 433	沙岭秋归 ……………… 447
惜　时 …………………… 433	落枫二首 ……………… 448
月下与同窗地摊小酌 …… 434	立冬感怀 ……………… 448
西江月·大暑 …………… 434	作画水墨葡萄二首 …… 449
一七令·月 ……………… 435	为孙小姐画作题 ……… 449
立　秋 …………………… 435	落　叶　殇 …………… 450
致全城迎战8号台风"巴威"者 … 436	小雪感怀 ……………… 450
伤　秋 …………………… 436	一年别祭 ……………… 451
怀旧寄老友 ……………… 437	咏蜡梅二首 …………… 451
鹊桥仙·旧棠雨歇 ……… 437	折桂令·答梅娘问 …… 452
虚花悟·别 ……………… 437	夜赏雪乡 ……………… 452
西湖夜畔 ………………… 438	翻旧照有感 …………… 452
步西湖畔早思 …………… 438	蜗　舍　吟 …………… 455
眼儿媚·西湖别雨 ……… 439	西江月·违停又遭罚 … 455
为清浅江南古风装拍照并题二首 … 439	大雪偶作 ……………… 456
月中桂·题苏小小墓 …… 440	母病侍疾有怀 ………… 456
秋凉又赋 ………………… 440	冬至感怀 ……………… 457
答君十二问 ……………… 441	西江月·与友会朝天门解放碑 … 457
一剪梅·入秋第一杯奶茶 … 441	画堂春·访友获赠《清风墨荷图》 … 458

007

又是一年 …… 458	诗书杂兴 …… 470
谒金门·小寒 …… 459	一年老似一年 …… 470
踏莎行·冷 …… 459	折桂令·醉酒归家 …… 471
忆元先生 …… 459	辛丑图强 …… 471
归自谣·茅舍晚二首 …… 460	盘锦春雪 …… 471
二〇二一年初雪 …… 460	感冒病中作 …… 472
又值腊七 …… 461	桃花落三首 …… 472
少年游·大寒 …… 461	夜跑即事 …… 473
居闲 …… 461	饭后 …… 473
夜雪吟 …… 462	放风筝 …… 473
上海中山医院问诊 …… 462	观鹊筑巢四首 …… 474
人月圆·小年 …… 462	读《红楼梦》后作 …… 475
得上海中山医院杨昌生医生 收治老母入院感怀 …… 463	辽滨学舍夜寒 …… 475
踏莎美人·中山入院夜 …… 463	偶叹 …… 475
闻病房鼾声二首 …… 464	与兄弟荣兴环湖散步 …… 476
慕求二首 …… 464	对酒 …… 476
早春所见 …… 465	春怀寄思 …… 477
忆秦娥·上海春早 …… 465	杨花 …… 477
满庭芳·庚子除夕 …… 465	湘妃竹 …… 477
正月初二独观烟火 …… 466	泰山北路林荫道夏日中饭后散步 …… 478
正月初四读《寒窑赋》 …… 466	闻友讯后夜卧偶题 …… 478
辛丑初二到初五值班有思 …… 467	小满寻诗得句 …… 478
念亲恩 …… 467	悼杂交水稻之父袁隆平先生 …… 479
盘锦初春 …… 468	痼疾不愈待旦中作 …… 479
青玉案·致敬戍边英雄 …… 468	老夫吟 …… 479
金兰闲会 …… 469	天舟二号与天和核心舱 成功对接 …… 480
上元感怀 …… 469	忆少时老家沙岭随母插秧 …… 480
自然醒随感 …… 470	拉倒歌 …… 481

辽滨沿海经济技术开发区连续三年
　　位列中国化工园区三十强感怀 … 481
芒　种 … 482
高考寄语 … 482
蛐蛐曲 … 482
劝励歌 … 483
入夜思君枕上作 … 483
一落索·夏日西阑荫碎 … 484
今趁西窗月 … 484
盘锦兴隆台城区杏花待放 … 484
藏头诗·请君承天意 … 484
父病术后陪护 … 485
连雨今日傍晚渐晴 … 485
昨日得友相赠园内新果随作 … 485
得路兄回信是夜偶感 … 486
相　思 … 486
入伏纳凉 … 486
为苏东坡题 … 487
忧心洪涝侵袭河南 … 487
杨倩、侯志慧东京奥运会摘金 … 488
全红婵满分跳水 … 488
白头吟 … 489
雨中夜跑 … 489
一剪梅·立秋感怀 … 490
秋 … 490
写诗自嘲 … 491
满江红·七十六年前日本
　　无条件投降 … 491
晚来急雨 … 492

晨跑随感 … 492
与师兄雨中散步 … 492
连日雨后感秋 … 493
闲　居 … 493
和《牧歌》 … 493
兴隆台区图书馆借阅有感 … 494
贺神舟十三号飞天 … 494
贺双亲迁居之喜 … 494
霜　降 … 495
赴新岗前夜 … 495
大雪吟 … 495
与青联老友食悦轩小酌 … 496
无聊随作 … 496
最是闲处光阴好 … 497
遣　怀 … 497
恨嫁吟 … 498
筹备创意征集活动向非遗传承人
　　学福字窗花剪纸 … 498
慢　跑 … 499
赞老父习字孜孜不倦 … 499
三更无眠 … 500
数日加班杂感 … 500
壬寅元日独坐 … 501
壬寅立春题寄 … 501
壬寅正月十三夜雪 … 502
整理诗稿随记 … 502
新华社客户端刊发《非遗文化
　　"飞进"盘锦百姓家》 … 502
晨跑后泡澡感作二首 … 503

009

与友稻作人家中饭 …………………503
开学前请清浅、芊芊米兰西点谑作
　　……………………………………504
盘锦惊蛰 ……………………………504
加班感言 ……………………………505
清　明 ………………………………505
自题小像 ……………………………506
暮　春 ………………………………506
五月二十日与玉兄法餐后感作 ……507
《恰逢花开——杨建雄诗选》
　　得山房主人荐、松涛老师序 ……507
端午连雨老屋漏雨偶作 ……………508
坚持晨夜慢跑 ………………………508
辽滨培训逢雨兼天黑小咬
　　奇痒杂感 …………………………509
连雨忘伞衣湿鞋漏有思 ……………509
老友舍茶为诗集讨换玺节 …………510
雨后不眠闲听蛙鸣 …………………510
忧心盘锦连雨水位上涨 ……………511
绕阳河盘锦段险情夜防有作 ………511

昨日大暑急雨城西水漫街头 ………512
忧连日暴雨泛溢堤防之患 …………512
临江仙·立秋 ………………………513
蟾宫曲·盘锦夜 ……………………513
秋凉入夜加班有怀 …………………513
瀚新大商超市改"全都有"超市
　　买菜杂思 …………………………514
盘锦驱车北镇秋游 …………………514
为诗集画梅花插图 …………………515
壬寅十月十九盘锦初雪 ……………515
傍晚归家堵车 ………………………515
自　惭 ………………………………516
白发杂感 ……………………………516
黑风关古镇观雪落枯枝
　　成吟二首 …………………………517
写诗三年 ……………………………517
残荷赋 ………………………………518

后　记 …………………………………520

现代诗

恋上黑天鹅

弯的颈项在找我
一团黑的火是情歌
红的喙可是想吻我
我猜
你是一只黑天鹅

划荡一涟绿色
掌蹼独问清波
笃定如初　骄傲如昨
我知
你是一只黑天鹅

钟情你的歌
爱你的　寂寞
执着你的游弋　慕你的攸诺
无论
我是不是一只　天鹅

雨·路

轻轻浅浅　忧忧淡淡
雨是离合　雨是悲欢

曲曲弯弯　回回转转
路是离合　路是悲欢

湿的不仅是裤管
还有路的影子
走的不仅是路
还有雨的前程

想把你掩于大地
想把你送回云端
从此不再有　关于你的记忆
不再有犹豫和不知所措的茫然

无论是否困倦　多么阑珊
也要　也要
在明天在云端华灿
在未来在大地安眠

努力走向月圆
努力走向终点

汝窑开片

明月染了春水
青玉浸了霜
悬一扇软烟罗于眼底
映出天蓝的妆

蝉翼回风雪舞
金丝攀绕着池塘
浓淡深浅皆由那一梦
涩涩寞寞　长长

生如烈火其绝
成如处子其芳
漫长的淬炼等待
欲止欲静　若飞若扬

呷一口香茗看云破
低眉宛藏
只道是明媚和宽阔
绝不问灰暗与悲凉

眼　泪

小时候娘牵我的手
大一点我跟在娘身后
再大一点　我和娘并肩走

现在　娘说
我走不动了
你一个人走

我走了
一步三回头
望去娘常常趴着的窗口

娘最喜欢在窗前看风景
守候　湿透的袖口
从来都不需要理由

回不去了

回不去了
碎了的雨过天青的茶盏
朽断的倚靠半生的木门

回不去了
日复一日镂刻了岁月的独处
曾经说出口的我爱你的声音

回不去了
抉择了一次又一次的岔路
初见不能再见的熟悉的人

回不去了
云作雨下积成的江河湖海
旋即成黄的春日里的缤纷

回不去了
对着铜花镜里还在生成的皱纹
渐染了尘世尘土的众生的灵魂

秋　思

秋月清冷了半墙窗影
秋千寂寞了雨后回廊
窗影忧郁了整个秋夜
回廊孤独了秋夜的漫长

秋蝉吟忘了一树春色
秋风卷裹了春的过往
春色遗落了整个秋夜
过往无常　道是也寻常

让我泪流满面的

让我泪流满面的
不是飞舞的刀镰
不是日光下的金灿
是田埂那深浅的脚印
是垄沟那凸凹的蜿蜒
是那躬耕穿梭的背影
是那风雨来临的瞬间

让我泪流满面的
不是鬓雪的增增减减
不是幸福的追追赶赶
让我泪流满面的
是岁月流进了我的杯盏
我无法倒掉
我亦无法装满

一朵睡莲

一朵睡莲
横枕于秋天的水边
静寂开放
怅望黄昏里的炊烟

每回西风走过
一茎香远
都道是叠翠轻挽我如妍
谁知我心底谁解我心宽

每一朵睡莲
都愿长长远远明艳
或眺望山外
或绝世人间

与其不能惊涛拍岸
不如侧卧这孤独的夜晚
敦颐先生可愿约我
让我只做一朵相思的睡莲

针线的体温

抽屉里一枚黄铜顶针
是母亲当年待嫁的少女心
从未积过尘的老式缝纫机
最懂
少一抹灰尘　爱添了几分

飞针走线　岁月安稳
情切切对着月森森
指尖忘了针痕　针痕忘了悲悯
能升起月亮的顶针
已数了无数次黄昏

七十六岁的母亲目力茫茫
还坚持用缝纫机缝新被给我们
我只不过帮她引个线
她就说快起开别扎了手
这就是　我的母亲

入夜我盖着母亲做的被子
裹着她的针线她的体温
我做了母亲曾经的梦
梦见我走进了
永远走不出的母爱的门

在最寂的岁月

品茶的人睡了
谁留意寂寞的茶洗
对弈的人走了
谁在乎那未完的残棋
爱的人远去了
谁寻得有关他的踪迹
落花委地　春水成溪
谁还记得曾经的绽放
世界安静了
谁还知晓　风如何尘起
究竟拂过多少土地

残雪又在哪里
初月望成圆月
春华复又絜丽
过去终将过去
一切终成尘泥
幸而　我在最美的年纪
品过茶对过弈也爱过你
幸而　我在最寂的岁月
也曾穿上青梦的彩衣
被世界伤过
却依旧迎在风里

我 的 心

我的心是皎皎的明月
你的美目是它深邃的夜空
我只守着深邃和玄夜
走不出你静晚的烟笼

远 山

青黛莽莽　云岫苍苍
爱你的巍崇　爱你的迷藏
拥近你的脊梁　起伏你的跌宕

我怜你色　你爱我心
经千百劫　谈笑在千峰上
为了眺望飞鸿　错过了万里春江

懂你高远　慰你心伤
终于明白我的孤独和你的孤独一样
一粒尘埃无关红尘痛痒

我跋涉着走进你的遥远
匍匐着无以名状
与你相遇与你相蚀于今生一场

那通往山巅的崎岖脚印
是我永恒的时光
陪你回忆从鸿蒙走向殷商
从魏晋走向大唐

藕 荷 色

在《扬州画舫录》里
我遇见了忧伤脉脉的你
深紫而薄绿
在《风月宝鉴》里
我遇见了婉约淡淡的你
浅紫而微红

究竟哪个是你
一个婉丽　一个欣喜
来自古典的神秘
来自苏州的微染　来自民间的旖旎
来自李斗的毫端　来自雪芹的笔底

藕荷
就是这深情的颜色
无论哪个是你
任何探究都代表我想你
任何靠近都代表我爱你

葳蕤入花帐
氤氲满罗衣
你　早已在我眼里
穿上深情的藕荷
我　在谁的心里

如果可以选择

太阳从辽水移到潇湘
叶子由青翠长成了金黄
岁月没有痕迹
也听不到声响

可知晋祠的邑姜
可懂后主倾情半世的娥皇
历史的情郎
需要漫天去冥想

那没有踪迹的岁月
那没法抗拒的情郎
昨夜还驻于五千年之下
今天已走出五千年之疆

成为岁月的一滴眼泪
成为情郎新的嫁娘
无论是你还是我
无由无声也无法阻挡

如果可以选择
我将把自己藏在月亮之上
俯望人间烟火消长
笑看所有嫁娘往日的衣裳

牵 牛 子

皆说你名唤朝颜
听闻你不可在夜晚
露珠将我薄衫湿个透
我于清晨等你良久

篱上的牵牛
挥着彩袖轻轻招手
是呼我来
还是唤我走

你的倔强和盛开的悠柔
天边的云朵般自由而无忧
路行致远消永昼
我就在你行走的尽头

懂你的不止远天的云朵
袖边的露珠篱墙上的拂柳
我只等待一个清晨
就彻底醉于你的风流

盛开着的你是否
与我同去听那夜阑更漏
此一夜　便是再凉再漫长
天亮了我随你左右　这就已经足够

懂

懂是虞姬刎剑的勇气
懂是不复鼓瑟的传奇
懂是西厢通语的妙词
懂是泛舟五湖的忘机
懂是红拂的决绝与相惜
懂是仲卿的厮守与比翼
懂是倾盖如故　放你在我的手里
懂是无以言表　打心底地欢喜
懂是从此不离永不相弃
懂是行到水穷坐看云起
懂是最壮烈的生死最凄美的别离
懂是今生有缘不能继续
来生我依然属于你

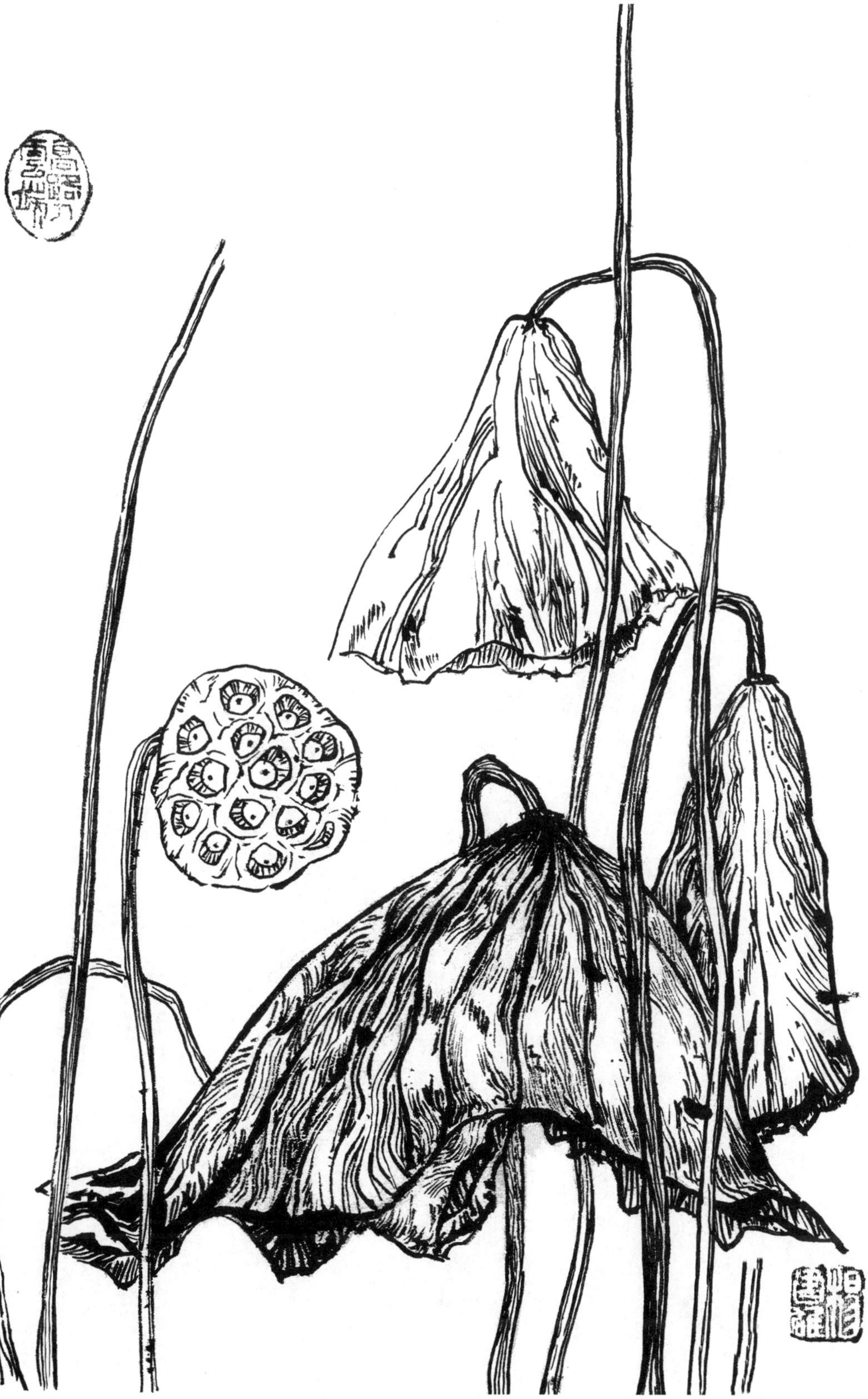

留得残荷听雨声

遥远的诗近在咫尺
夏的荷已凋零了粉红装饰
秋霖默默打着荷叶
明明灭灭　凄凄瑟瑟

留得残荷听雨声
几场秋雨化作一塘残荷
有这诗和义山的姓氏
荷塘的萧索才有了千古魂魄

谁见那雨打风吹的冷冽和忐忑
无法忘却几千年的割舍
哦　在这残的塘荷
好像也在　这个世界

每一次的交叠与选择
谁又能离得了这旋涡
来年春发又是一塘新荷
梦里约了义山去遥望新的绿色

见 到 你

一树的果红　一树的通透
一树的灿烂　一树的知否

见到你　我就爱上你了
就像初春爱上深秋
浪花爱上大海　山爱上石头
就像行者爱上了足下的自由

见到你　我就爱上你了
你的通透就是我的通透
无须问些什么
懂你的灿烂也懂你的知否

秋里　去深吻风
我慰　风带给你的伤口
垂坠的枝头　把我望成了白首
夜太漫长　我可不可以和你一起走

玫瑰有刺

所有的玫瑰都有刺
所有的黑都给了夜
所有的梅都绽于雪
岔路都交付了不知方向的选择

所有的与众不同都冷傲
所有的冷傲都离经叛道
所有历史的厚重都带着血
真爱从来都无果

所有的等待都是苍白的执着
所有的孤独都隐藏着狂热
所有的因果都无法言说
一切的一切最终都是默默

玫瑰的刺就好像火
黑的夜又如此冷漠
蟠香寺的雪比妙玉还孤介
走不近的我　该如何割舍

问过玫瑰问过夜问过岔路问过雪
哦　像舌吻一样去热烈吧
这每一天不仅仅是姑且
时间不多　切莫做那如烟的过客

好　短

冬季好短
才说昨夜冷得难耐
整个冬天就过去了
怕冷的我夜晚
乐享母亲备好热水的温暖

时间好短
才说幼时母亲守着读书的我
不惑之年就过去了
怕孤独的我每天
陪她坐在床前忆往事点点

岁月好短
才说鬓角已生白发
青葱年纪就过去了
怕皱纹的我发现
母亲也曾芳华也曾明艳

今天好短
才说愿母亲海屋添筹
她的生日就过去了
怕黑的我缓缓
望去母亲的笑脸不禁偷偷泪眼

爱

爱是一种上了瘾的朦胧
朦胧让热血喷如泉涌
爱是放远一只飞鸿
飞来了懵懂执念和愚衷
爱是脑海三个月的暂停
把自己搞成不相干的空灵
爱是暗夜里的花朵
寻找就得用那黑色的眼睛
爱是满天嬉戏的星星
没等捉住就乱飞无踪
爱是一生中下的几场幻雨
不得不去收拾被淋湿的心情

爱是你情我愿的苍穹
苍穹之下断没有永恒
爱来的时候是真的爱呀
就像人生未转头时是梦
一切转了头就都变成空
下剩的
只那一抹行影
半叶遥远　仿佛安静了的青蘋

一直在行旅

一直在行旅
从大漠孤烟到玉色昆仑
从黄河左岸到塞北逢春
从三叠纪的日初到今冬的寒暮

一切跨越都好久远
沧桑的一瞬　悄然无痕
爱江山也曾爱过美人
所存者是历史走出来的神

所息者漫漫染了传说的香氛
听不见历史呻吟
千古望成的圆月依旧水灿
唯《资治通鉴》尚留一点余温

不过一滴飞升的露珠
不过一粒飘忽的齑粉
不过一抔孤独的黄土
不过一丝岁月的年轮
形态终将不再
且看行旅之上踏马而来的又一缕烟尘

来世我还做一株蒿草

来世我还做一株蒿草
无论睡在黑夜还是安享阳光
我都想继续自己的模样
不想忘却前世的泥墙
更眷恋黑土的滋养
还想去替莠草
挡那野马凌踏和坑塘的泥浆

来世我还想看到
丑小鸭向高天飞望
阴雨连绵终会云开晴朗
半轮残月开成了满天的太阳
我将活得自由与纯粹
不惧野焚后的凄凉
任由洌风穿过
也要从萧疏的四野爬向那千峰百嶂

下着雨的海

某一天你离开
我的心会痛
选择最后的送别
一起迎风在高台
看下着雨的海
明天开始
我们都将踏上不知名的未来
从此各安天命　各自徘徊

或许某一个初冬
或许十几年十几载
下着雨的海　海的澎湃
或许是遥远的你在诉说
我举目望海
不是听这天籁
不是找寻你的曾经　你的存在
我只想问海
是雨在等海　还是海在等待

你站在什么方向

溪水逆流而上
穿过你住的村庄
重回雪花剪剪的模样
木舫忘了载你成为嫁娘
辞去伐它的工匠
站成一树浅翠飞扬
你蛾眉淡扫还在闺房
袅袅的檀香飘出幽绿的窗
而我脱去了那件袈裟
不再是雪域最大的王
你最美的情郎
只为寻你
在初识的浅翠树下
在那雨雪霏霏的弄堂
撑伞的少女来来往往
快告诉我
你站在什么方向

冬日的老鸹窝

刺痛我的是蜜蜂的唱针
吵醒我的是喜鹊的飞痕
枝杈摇落　叶又纷纷
纵横交错的鸹巢半掩着门

不是鹏鲲更非鹰隼
我是住在这里的黑色寒鸦　集结成群
与大地说说慈悲和希望
与老树聊聊孤寂与旧闻

数着冰河有多少铁马
冷看时间洗去往日的浮尘
我最最关心的
是在严冬学做个懂得寒冷更要保持温度的人

我飞去飞回不停地找寻
看清冷的日光独自沉沦
无论北风多冽
耐心守着每个问候我的黄昏

天使都如此孤单

雪在黑天鹅的翅膀上搁浅
翅膀冻结在冰封的水岸
一袭黑袍的华美
是我多少年走不进的梦幻

揉碎的飞云幻成落雪
模糊天地　也模糊了视线
不在檐下　不在唇边
奈何呀　我的夜距离你无限

我独自在红泥火炉旁取暖
你独自在冰天雪地里自怜
跳跃的是眉间火焰
落雪中谁听到你那一声长叹

难道天使都如此孤单
孤单点缀着千百遗憾
想寻件披风为你抵御风寒
怎奈你我隔一道无法逾越的天堑

你究竟可听得见
天地相遇　冷傲远观
一切都在心底
一半惘然一半企盼

我眼里是雨　你眼里是冰

冬季　雨临幸这座北方的城
吻了归客吻了街庭
南北往来的路人穿过山岭
看雨拥抱城市的浮萍

我眼里是雨
你眼里是冰
我说冬雨霏霏恰似孤寂的心情
你道明晨路上切切的叮咛

哀痛着雨的一夜蜕变
悲悯着冰的不可永生
城市的浮萍更孤寂
在雨和冰的上空飘零

还有些不堪的往事荒诞不经
浮萍叩问着心的窗棂
打破了简单和安静
雨过之后　每个人小心去行走那冻结了的寒冰

红尘是无可奈何的一场轮回
——临摹刘旦宅先生《〈石头记〉人物画册》随感

你在《石头记》里描眉
我在槛外临摹你的凄美

青雨微凉招惹哀婉的眼泪
已作梨花皱透宣纸和罗帷

红尘是无可奈何的一场轮回
这般匆匆草草你我怎得安遂

读破红楼此生大梦才归
这般酸酸楚楚谁与沉醉

自古穷通皆有定轨
聚散离合何惧何为

曾约与共之人缥缈成堆
点检如今书画诗曲辞岁

胭脂罩染寂寞已生出了葳蕤
寂寞装裱岁月抖不尽这尘灰

我在良辰美景等你的出现

惊觉这霜雪鬓染
却原来似水流年

朝飞暮卷雨丝云片
又见风起谁与翩跹

上山下山岂是一寸一履之难
长梦短梦都在半梦半醒之间

我在良辰美景等你的出现
共赏江南塞北和溪上飞烟

鸟惊喧也花微妍
年去年来何由愿

唯愿月落重升灯火再度点燃
唯愿世间有情人成如花美眷

唯愿相思不露却已彻入心骨
唯愿此后姹紫嫣红漫山开遍

一副旧羊皮手套

我错过春秋又与夏季失散
默默等待回到你的身边
我不曾看过蝴蝶翩翩春花满园
只见过你在彷徨的日子里
沐浴那刺骨风寒
我凝视着你幽凄的双眼
看你将雪花结在发间

就这样陪你走过了二十年
数九寒天冰吻你我的脸
懂你最想去看鹅黄柳绿
蝴蝶千万　盼有一只可入梦幻
春来我尽管不那么情愿
为你我愿去换那青草芊芊
看到你手中有伞也有避雨的屋檐

然而　这个冬天我已走远
带着你的思念去那位姑娘身边
思念不只在你心底蔓延
握着她凉凉的素手
望着她将长发轻绾
从此　像陪你一样
同她看冬日炊烟等南飞的归雁

描不出孤独的祸首

折半朵残花藏进袖口
把自己绘入一纸寒秋

三分花瘦又添五分的眉皱
半壁斜阳勾勒惆怅的墙柳

谁也描不出孤独的祸首
任红衾尽卷鲛绡已湿透

万里寒云哪管它渐远渐悠
一床落月不问我谁舍谁收

可有伊人守花残谁人候
天尽头不知终在哪香丘

且将这孤独酿作三碗慈悲酒
杀他个入骨相思片甲也不留

此生只可绽放一次芬芳

你只说你离开去了远方
却不知你往什么方向
天上的月亮
该是你此时温柔的模样

踏遍天涯茵草
嗅着月光的香
寻你的脚印在楼台之上
在风疏雨骤的深深院堂

雪域已没有你的踪影
拉萨街头也不见你彷徨
我把满腔的莫名
揉成千里月光向你流淌

初见的青苔已斑驳瓦墙
怯怯的不敢胡思乱想
我的心能何处安放
你是否在远方向我张望

如果此生只可绽放一次芬芳
我愿选择守在你的身旁
等到来世也不能错过
脱去袈裟　你眼里最深情的目光

爱情·婚姻

婚姻不会成为
爱情的仙乡
走入婚姻的眷属
迟早熬成
一瓢五味杂陈的刷锅汤
想要魅惑的心跳和通体膨胀
想有爱情色彩和动人的模样
唯一的招法
在爱情进行的当儿
选择别离　或是消亡
如此才会有
永生的形状

忆小时候过大年

进了腊月
满街就开始了热闹
拎着馃子大包连着小包
东家串串西家也跑跑

把面染色做成了仙桃
四个摞一起的槽子糕
这是奶奶备的供果
还有几盅舍不得喝的小烧

爸是村里有名的才子
给邻居春联不知写了多少
他还会烙个花脸大猫
哄得我们连蹦带跳

妈过年可最是闲不着
切完酸菜再去开灶
刚擦完锅台还得打扫
里里外外忙得不可开交

家里商量把大公鸡卖掉
过年给姐儿仨每人置个棉手套
穿看不出颜色的旧袄
心里却是甜的味道

大姐买了几张杨柳青年画
我和她一起糊墙装裱
上下对齐左看右瞧
时不时小姐儿俩还争争吵吵

小妹真是特别地淘
与堂弟稻草里躲猫猫
沾了满头的碎枯草
小家伙还在傻乎乎地笑

孩子们都非常傲娇
因为拜年得到了红包
最多的一毛两毛
拿出来显摆还不让仔细瞧

那时候除夕夜都嗑瓜子
不是歪在炕头就是横在炕梢
七大姑八大姨不停地讲
没完没了地唠

过年全村都放二踢脚
这个真能把我吓得直大叫
捂着耳朵听个噼里啪啦响
宁肯隔壁哥哥说我"孬"

年夜饭就是两盖帘的水饺
也记不清有没有蘸料
能吃上多不易呀
这一年就算是过得好

一晃儿三十年过去
明天又要过年了
现在不允许放鞭炮
餐桌上却有过去没有的澳鲍

大年初一孩子都在睡懒觉
睡到家里大人直懊恼
拜年也变成电话和微信
年味和小时候已是完全不同了

我们在诉说当年杳杳
三十年像天空划过的一只飞鸟
每个人都感慨曾经年少
只有经历过　才切切地知道

三十年前的除夕

窗外也才刚蒙蒙亮
街头巷尾鞭炮声就震天响
母亲一顿地叫喊
赶紧起来把对联贴上

小时候除夕就是这样
先熬点面糊糊做浆汤
贴完对联贴福字儿
再到院子里看父亲放炮仗

自行车一溜烟儿过狭街窄巷
把几样供果驮去祠堂
奶奶的烤猪头最是拿手
上了供余下定让我来解馋尝尝

母亲说谁扫房梁给打赏
我抢先拿鸡毛掸子横过蜘蛛网
灰尘顿时四下飞扬
小妹在旁笑弯了腰还直鼓掌

小时候过年吃的没多么高档
厨房除去花生米就是冻水缸
攒下两三块大白兔
还得背着人找地方隐藏

压岁钱哪最让人盼望
其实就是一毛的两张
姐儿仨都认真把它平展
还举起来看谁的又新又像熨烫

小时候除夕都特别冷
印象是旧棉袄拖着肥的棉裤裆
母亲给大姐扎个新头绳
给我在眉心画个圆点做红装

孩子们最是喜气洋洋
没事儿也到处瞎帮腔
一会儿问多咱吃饺子
一会儿翻墙看邻居过年啥模样

七七八八地屋里屋外忙
除夕中午饭凑几个菜一个汤
叔叔伯伯倒满一盅小酒
吱溜一口下肚开始不停地讲

下午一大家子坐满了炕
继续长篇大套地唠家常
浓浓的喜气透过了窗
也映红了奶奶那盆秋海棠

傍晚母亲开始出出进进下厨房
大姐扎起围裙也得去帮忙
我和小妹玩起嘎拉哈
输赢就是腊月里攒下的几块糖

那时候年夜饭都围坐在炉子旁
还有一桌盘腿在暖炕上
新进门的姑父不停地喝酒
不吃菜可能是因为紧张

到了夜半开始包饺子
奶奶教我擀皮捏褶盖帘摆几行
饺子是年夜里的重点
包进个硬币更显不同平常

几盘饺子端上了桌
小孩子都眼睛圆圆互相提防
就怕谁的嘴里嘎嘣一声响
猜得大家晕头转向

醒了酒的还得继续喝二两
大人们畅谈他们年轻的过往
我和小妹窝在被里看小人书
守岁到凌晨四点困得滴里啷当

这就是我三十年前除夕的印象
时间真是信马由缰
我们一路也跌跌撞撞
小时候是记忆里温暖的跌宕

今晚　我们都不约而同聊起了故乡
说起这天翻地覆慨而慷
说起今晚太多人在值班值岗
其实都特别想家想陪着亲娘

今晚所有回忆都碰触了心坎
这也是我们曾经的美好念想
我们即将迎来新春的曙光
又有了值得企盼的种种希望

小时候的苦是岁月必然的踉跄
它让我们倍觉今天幸福当下的安享
三十年后的今天鬓边长满白发
除夕怀旧未央　期愿来日方长

新岁初曲

日月无声　千村转岁华
孩童喧闹　春风惹满马

没缘法来来去去一场空牵挂
有天地风风雨雨殊途始一家

但见你黑丝卷而归白发
可记得耳鬓厮磨卷帘下

几望云烟渺新瓦
无奈杯酒隐风雅

寒来暑往究竟在哪里安卧榻
冬去春来谁替你慈悲地回答

日高起低眉唱一段相思引
迎新时展笔写一首浣溪沙

愿多情不再转眼分离乍
愿红尘不再恼春逝如花

不求闻达也不奢望行天下
再不辜负这弄明窗新绛纱

故乡的炊烟

故乡的炊烟
是一个少年的心事
看炊烟升起
听燕子呢喃
背着笔砚走在小河边
让我微笑充满记忆的
还有你柔软的躯干
你飘出了烟囱
绕向金黄稻田
绕着绕着便连绵成群山
我走在乡间小路上
不知何时　你早已走出了童年

炊烟其实不宽
炊烟其实很浅
努力漂泊藏不住内心的柔软
飞向蓝天却放不下往事羁绊
如今我面朝大海
也正在行走山川
让我独自望月轻叹
又想起故乡的炊烟
奶奶的皱纹
灶火映红她的笑脸
还有满满稻草味的布帘

岁月跋涉在两鬓和眉间
不能不说炊烟是种遗憾
你一缕飘散
我仍在辗转
童年依稀的旧梦
人生未知的缺圆
就像世事由浓转淡
然而
我仍然渴望回到
泥土清香
空气新鲜
鸡鸣犬吠
有奶奶陪伴
有炊烟袅袅的那些秋天

寞

听更漏　独自把冷衾摸
望月影　横斜向中天挪

恼那万家似说似笑的闲灯火
倒遣我无眠只恨一个人清坐

夜阑珊偃息了春心玉液波
拭泪眼空觑着疏窗人离索

惑　频蹙的是眉
寞　紧扣的是锁

春宵乃是第一所人间风月窝
如今残月嫦娥俺再没有别个

昏赫赫怎的不停脱
眼睁睁无妨何须躲

空对铜镜淡妆且明抹
随缘听命却也无奈何

究竟是谁吸了我的魂魄妖魔
世间百卉凋落只剩雪花一朵

行　囊

我整理即将远去的行囊
也整理彷徨与淡淡忧伤
穿过杏花穿过雨
看那蒲公英团团飞扬
蝴蝶起舞成双
多想回头
望望我纯真的脚印
还有碾作尘泥的一段过往
可我不是不想
而是必须相忘
杏花告诉我
不要犹豫　努力前行用一生绽放
微雨告诉我
不要叹息　选择了就要浩浩荡荡
蝴蝶告诉我
没有梦想　累赘就是这对沉重的翅膀
蒲公英告诉我
没有远方　一切都将虚无迷茫

多年以后
形形色色又填满了新的行囊
里面有阴晦有晴朗
有朝晖也有夕阳
也一定有我的梦想

有我的如愿以偿
不管怎样
那是生命被岁月拉长
更是我独行匆匆的模样
人生每天都是新妆
任何风景都因为
有希望在心上
而此时的我
杏花微雨之下
吹着蒲公英看蝴蝶彩裳
念念思量
一切如初　宠辱皆忘

黎明·林间

你说我是三月烟雨花酿
我说你是四月春华满天
你说我是明生空谷
我说你是太虚幻岸
你不知我哪里走来为何天边消散
我不知你何时不再分离明艳山巅
你不知我光影斑驳只为见你
我不知你等我露重一夜未眠
你知我是黎明
我知你是林间
来不及铺陈便绽放在你的怀里
来不及舒展就迎你在我的臂弯
带走你夜的寒
留下我晨的暖
欢颜相见如此短暂
刹那分别就已走远
这是你我生生世世的诺言
如约每个清晨从不会改变
我们依偎信任
我们告别流言
一切有如纳兰的初见
世事也不过是一瞬之间

从前那些时光

从前马车很慢　还挂着铃铛
有风的日子叮当作响
心念一路颠簸
也清脆了我年少的时光

从前书信很远　穿绿色衣裳
遥遥的他乡一路寄到村上
不可说的心事
慢慢浸透了几页纸张

清风在村落流淌
月儿也格外明亮
喜鹊叽叽喳喳地叩门
杏花说说笑笑地绽放
淋了雨的空气好晴朗
身上沾满泥土的芬芳
秋千在树间轻轻摇晃
白云在天边与你对望

四月里春来春墒
十月外秋来秋扬
一切都细软生香
一切都无须奔忙
那条通往村外的小路

载着书信　摇着铃铛
显得那么的悠长　悠长

好想以银钱千两
赎回这种难忘的时光
早起生火　午错放羊
日落爬上房顶
看晚霞映红池塘
月夜素手焚香
梦见郎骑竹马
做个不再流浪的姑娘

月　夜

海棠的馨香
穿过指尖氤到弄堂
把寂寞揉进愁肠
看斜了太阳望弯了月亮

一人独处的日子
对酒借一段哀伤
把无尽寂寥倒进杯盏
就着棠影饮月光千行

对面空空如也的藤椅
是往事残留的思量
摇着说不完的故事
忽而欢喜　忽而苍凉

海棠惆怅
藤椅彷徨
世事都是大梦一场
所有一切皆是虚妄

昨朝风疏雨狂
今晚叶摇鸣廊
孤独的日子不会太久
笑容终会停在泪眼婆娑的地方

不信　你看
夜　越来越长
流泻的月光
悄然地造访
轻轻地陪我展被铺床

余生的我

江南江北　万千以隔
穿过如丝燕草赏过阴阴夏禾
望那飘散落叶
又遇无声冬雪
看尽了天涯明月
往返于潇潇雨瑟
不知你为何迟迟不来
让我独自一人山水远阔

不舍是藏于心底的深渊
让人欣喜也让人落寞
再绚烂的霞光云朵
也会随风渐渐零落
可曾听说
三月烟雨还在揣摩
你的爱情可否缠绵悱恻
是否如约燃起蓝色烟火

月流悄声
无痕水过
时光慌乱了彼此的选择
等待因风而起因伤而错
多少欣喜最后变成沉默
多少沉默最后悄然无果

只听得一曲《忆秦娥》
浅唱我是个匆匆过客

我已不再有当年的青涩
却还想重回年少的婆娑
当花儿再开
你可会在金陵打马长歌
愿你的眼睛化作
春梅绽雪
潋滟清波
倒映出余生的我

梅山早梅

近水迎春发

花寒一山秀

惊见已无言

无能出其右

你看那仙葩索居而悬冰

猛可的眉心一点鲛绡透

抵多少琼浆玉液酒

恰万艳同悲湿红袖

玉人哪

若折便就快些

莫教寒暑转而新人旧

流梭孤影夜还昼

但见那

赠远虚盈手

平添几分瘦

叹

深院闲阶看花影移上了翠苔
月缺石凉知谁徘徊纱窗之外

心结久尘埋
残梦也难挨

忧云雨惊骇不消半刻情怀
哀残春落红哪堪旧日亭台

感一片伤春无奈
叹四季美景难猜

却原来花儿也能生出锦绣灾
三生因果必经风吹雨打日晒

万事难谐哪里能宽我怀
苍颜衰鬓时光何处再买

不要十分颜色好
只求尽情七分态

唯愿将似水流年好一顿支派
搏得个欢眠自在无拘无妨碍

谁

独钓江雪　给了谁白色的依恋
绿蚁醅酒　望却谁等待的缺残
疏影横斜　映进谁不眠的睡眼
一钵情泪　散尽谁痴念的尘缘
绿肥红瘦　寂寞谁雨后的缱绻
芒鞋竹杖　留下谁余世的清欢

春

借一顶扶风花帐
把鹅黄游丝娇养

杏云吻纱窗
疏雨唤海棠

翠景处流莺鸣唱
茅檐下紫燕寻双

裹不住这怀春的模样
恁早早地降了这春光

且看黛眉藏深浅
莫论春思是短长

望游春如织那堤坝烟柳旁
燕泥香点涴在我的诗书上

春心才漾春愁忙
不知把心何处放

姹紫嫣红都开遍
才知好景最无常

陌上梨花带雨可知谁在朝思暮想
纵情一季春光也难抵这半世痴狂

最想走进谁的世界

晚风带着纠结
拂过花的前额
后来才知道
那是春向夏的告别

一朵白色的月
青绿的田野
琵琶弹奏金黄的歌
遗憾了整个夏末

辞行的暮雨
不带一点点羞涩
嘈嘈切切
瘦尽了秋夜

千山鸟飞绝
南来北往更寂寞
孤独的不仅是寒江一片雪
还有冬季的寒凉与蹉跎

愿望还没能触摸
江南的烟雨还想去招惹
情话也没来得及说
四季已然匆匆走过

倘若

风来时雨不再悱恻

月圆时夜不再明灭

我们就可以重新选择

也许那时才能懂得

不再年少的你我

你最想走进谁的世界

尽管无可奈何

我究竟怎样再一次婆娑

永远的老屋

自从离开就不忍再见
近乡的情怯与多年的心酸
永远无法抵御
你在我的梦里出现
秋雨阑珊
春风吹又生的思念

记得初夏挂在你的眉间
小小蛛网晃着露水
如同青绿的睫毛忽闪
院前的井水特别甘甜
屋后的杏树笑得尤其灿烂
西房山的九月菊年年盛开
还有飞进屋里的衔泥紫燕
白白的肥鸭专爱叼我的裤脚
壮壮的黄狗记得它还会抽烟
蛐蛐弹唱专门选择夜晚
青蛙在池塘也跟着瞎叫唤
围着老屋东跑西转
早把作业忘在了一边
正和姐妹玩得满头大汗
犹听见母亲说赶紧写吧
夜里开灯也太费电

曾经的少年

我也渴望见见大海
更梦想攀爬山巅
以至于像风筝断了线
把老屋远远甩在后面
日复一日　年复一年
甚至都没回头看过你一眼
老屋一直默默无言
而我越来越像你
愿意独自把伤口轻舔
尽管如此这般又涩又咸
寂寞的尘寰渡口
载着独自一人的蚱蜢船
不知驶向哪个岸边

常听父亲说当年怎么赚血汗钱
母亲念叨老屋被新主人翻盖瓦房三间
没等我再次梦中把你呼唤
你再也不会同情我形只影单
像残阳带走所有伤感
剩下我只能靠回忆
望着圆月一点点变弯

所有记忆都与你擦肩
好多故事都沦为沧海桑田
年迈的父母靠一张老照片
都不记得我褪色的华年
唯独你
存了挥之不去的炊烟
记录了过往的悲欢
保留我人生长篇开头最为快乐的一段

岸　边

烟花三月的梦里总有梅山
思念的细雨总是比梦还远
既然凉梦只停留在枕边
就让我拾起岁月的锄镰

我想种上一季春天
它可以让时间慢些流过指尖
我想种上一段流年
尽量让青葱少些难过的遗憾
我想种上一些遗憾
让我们老了还有彼此想念的空间
我想种上一片雪花
让我们可以回到快乐的从前

在播种的时候
不知你和我是否一样心照不宣
在我们和过往之间
总有一种莫名在肆意蔓延
错综复杂已流淌成一道不可测的深渊
可能你在天边
也可能你就在眼前
可能我们都有丁香一般的哀怨
只是最后对丁香都选择了隐瞒
岁月如水　已洒出了一多半

其实我们都在独自流连
匆匆芳华如雪
不得已地随遇而安
说不出来的爱恨　早就堆积如山
我们选择用春柳编个信笺
把所有言语都织在上面
像割断风筝的绳线
带走所有执念
留下一片安静的心田

都说想面朝大海
而我最想去打捞海鲜
都说愿花开春暖
而我的心底最愿
在烟花三月的江南
在未来某个时段霏雨连天
我撑着那把旧的油纸伞
将思念的船舷停靠在你来时的岸边

母亲·月光
——代友拜祭永远的三月

翻过沟沟坎坎　历经雪雨风霜
在无奈的世界里闯荡
不记得襁褓里的幸福模样
只知道佑我无恙
是母亲怀抱那安稳的睡床

母亲像极了月光
夜深了还在轻轻流淌
年华岁岁　坚强也瘦弱了她的肩膀
慈爱有如春潮涌涨
无论春秋冬夏总是在温柔荡漾

母亲像极了月光
悬亮了儿时缺衣少食的故乡
回忆里她总在砍柴舂米缝补旧衣裳
沉重的犁耙让茧爬满了她的手掌
穿过白天的秧苗是夜晚绣娘的针线
为了让我喝上带点油星的汤
岁月过早在她脸上写满沧桑

年少的我不懂人世寒凉
春来淘气翻墙
秋末捣乱了整理好的打谷场

又嗔怪她在米粥里没有放糖
不懂事的我哪里晓得
我收割了母亲全部的希望
她用弱小的身躯温暖了一纸寒窗

母亲就是月光
当我转身离开背上所有的梦想
星辰和泪眼凄迷了那个小村巷
此后经年
不管身在哪里
累了我就抬头望望
如水月光的方向
而我像一只小鸟在月下逆风飞翔
月光与我一起面对无边的风浪
坚定的眼眸是难以忘却的力量

母亲不是月光
却给了我太阳般炙热的光芒
时间编写了一部苦涩的篇章
岁月涂鸦让我由细腻变得粗犷
好些事不再痴妄
更多充满了遗憾和惆怅
然而当我已不再年轻
母亲佝偻的背影
泪湿了我全部的经年过往
各种念想都希望让母亲如愿以偿

无论母亲是不是月光
她总会照在我回家的夜路之上
眺望着我在远方的远方

当我终于懂了什么叫无尽的想念
一种怅然若失
让我此生　无可名状

如 果

春到花开满街

仿佛去年初识你的季节

记得你我一句话未说

彼此擦肩而过

没有只如初见的快乐

任凭杏花飞满了四月

夏引蝉声纠结

你我独自开落

总想问你初见到底是羞涩

还是瞬间爱上了我

你读懂了我的忧郁

可知我越发地沉默

秋见孤独的天鹅

霜叶迎风揣摩

望着蓝天像你一样

纤尘不染的云朵

后来我才知道

那是欣喜和欲言又止的爱火

冬来很少落雪

原来季节也这般无可奈何

而我愈加喜欢匿在黑夜

无论初春淡夏秋末
我总会记得你的炙热
用思念在冬夜将你轻轻抚摸

我想成为春花独在枝头婀娜
我想成为夏蝉任凭一季离合
我想成为落叶放下所有枷锁
我想成为冬雪陪你黯然寂寞

今年春意又在枝头横卧
不知还能否与你花下相约
从孤独的夜到未来的街
不见斯人也不见弯月
没有渲染过的白色
仿佛你从不曾来过

如果
我不能做春花夏蝉霜叶和冬雪
我也找不到冬夜你来时的那条街
不知我可否做你脸颊上
那对深深的酒窝
即使容颜老去
你也无法将我割舍
而我
邂逅你饮下相思的醇酒
慌乱地滴落
装满它　无须再多

桃 花 瓣

我待花神坠入凡间
望眼欲穿
你扮得花枝招展
霞透云端
宛如胭脂水染
只一夜就长街春遍

也许你想说的都在这春光里婉转
为了今生相见之欢
三千烂漫盛满了春天
所有的惊艳
或深或浅　或痴或缠
赌一场红尘风舞回旋

月缺花残　一地柔软的桃花瓣
无人看到你哀婉的眉眼
相顾无言
散落的不是流年
是我穷其一生等你
无可奈何的　答案

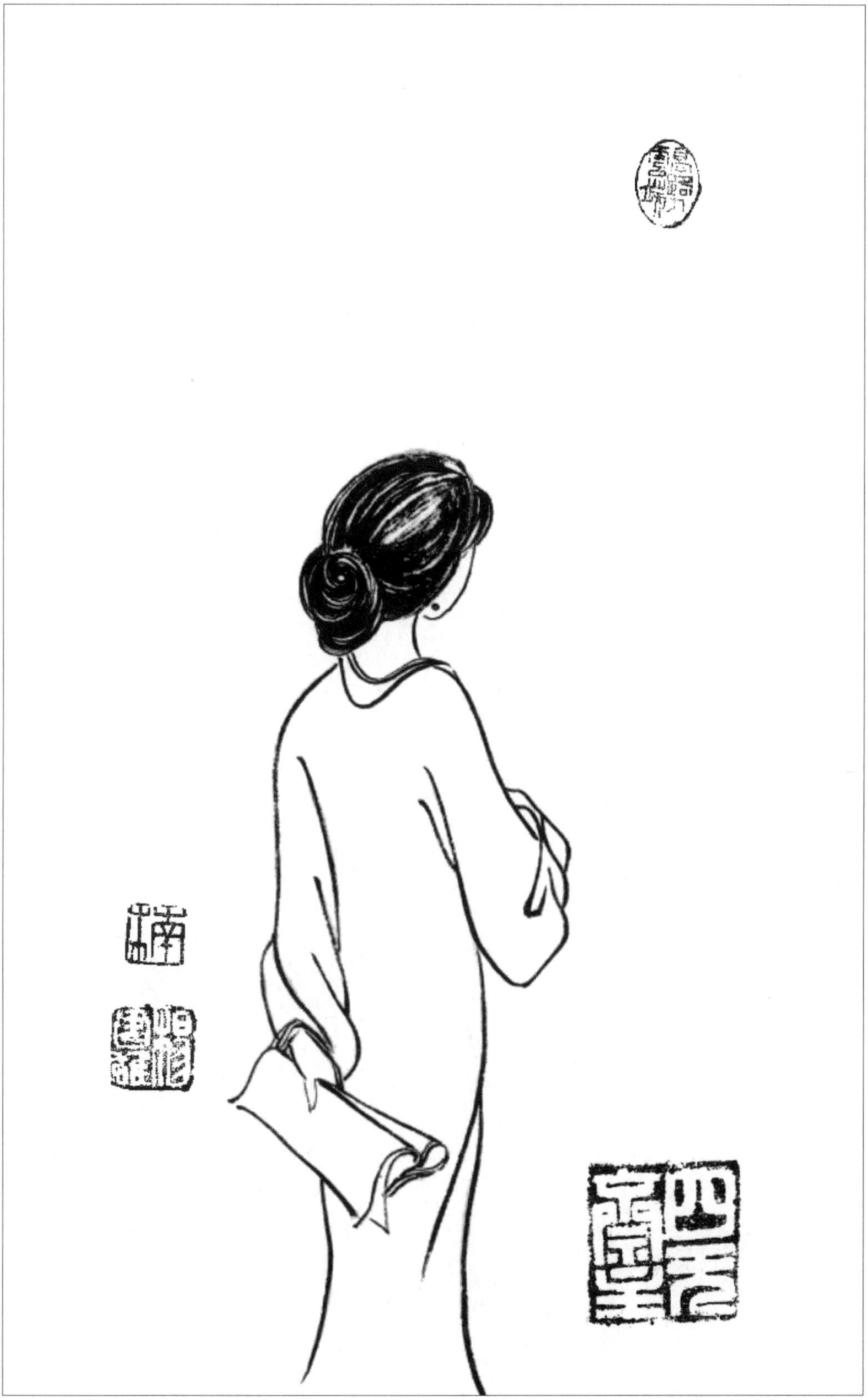

童年的小河

总会想起村西弯弯的小河
绕过稻田和青青巷陌
像母亲的胳膊
温暖地搂着我

一群摇着尾巴的小蝌蚪
在水草旁结队而过
几条极细的船丁鱼
飞快地从眼皮底下穿梭
一只小小的螃蟹
拖着柔软的壳
悄悄地趴在它的洞穴
直勾勾地好像看着什么

我和邻居家的小哥
最喜欢光着脚丫
站在田埂上向河里趔摸
总想把河里的鱼儿抓获
我拉着他的手
他脱了鞋下了河
还没等站稳就来个趔趄
吓得他拉紧我
爬上岸慌张地说
你你　千万别告诉我爹

看来河里啥也不好捉
最后逮了几只蝌蚪
养在窗台前的玻璃罐头盒
万万没想到
最后蝌蚪长出了后腿
原来是只绿蛤蟆
吓得赶紧扔到小河
几个月我还抱怨那个坏哥哥

下雨了　滴滴答答的
河水冒着泡一个连着一个
水晕一圈圈散去
仿佛盛开的绿色酒窝
浮在水面的鱼
嘴巴一张一合
小时候以为它想咬我
长大了才知道自己多么笨拙

雨大了　瞬间滂沱
小河的水涨满　没过了草稞
田间劳作的大娘大伯
刚才还在河边涮着铁锹
这会立刻穿好雨衣
推上独轮车
也来不及拾掇
匆忙忙不辞而别
小河默默
独自走进了雨的世界

转眼三十多年过去了
故乡的村子好像越来越小
听说小河也有些干涸
不知不觉
我们都老了很多
时不时地愿意将以前在农村经历过的事
重新翻阅

小河给我留下了最深的印记
收藏了我童年全部的快活
它是个天然的游乐场
那里有我喜欢的小哥哥
那里的菖蒲花是最美的一朵
躺在它的怀里
享受母亲般温柔的抚摸
躺在它的怀里
我才可以自由地放歌

如今
不能光着脚下河
甚至也没能再回那个小村落
真想知道
我童年看见的那群小蝌蚪
它的后代是不是住满了整条小河
那些船丁鱼也不知
进入了谁的碗碟
至于那瞪着眼睛的螃蟹
不用问
早已经爬满全国各地的餐桌

童年的小河
就像阔别很久的老友
躬耕在各自的岁月
只能寄托于梦里
流连一瞥
与你再次相约
梦里你可还记得那个爱哭鼻子的我
记得也好
不记得也罢
我所有的眼泪
都是对你满腔思念
不可或缺　不由分说

夜　雨

雨珠儿隔窗滴答到晓
怜幽人独坐恨在闲宵

一声儿忽慢袅
一声儿却紧摇

无限伤怀事
皆被它逗挑

任凭春来春去愁深梦杳
更兼风去雨来有意乱敲

问君谁个知道
心影也难画描

声声点点凉透庭院的寄生草
悲悲欢欢此生原就是爱难消

白发添多少
泪雨花寂寥

却如今只道是谁将残梦惊搅
恁这般恨杀它枕边不肯相饶

一夜难眠又听燕子在枝头两两厮闹
今花争俏谁知昨卉雨前是哪般鲜娇

春　去哪儿啦

捻一把青青燕草
折一朵浅浅云霞
无论初见的两眉弯画
还是夜来的细雨烟沙
所有浪漫的情话
都曾在四月里穿插

来不及叩问谁家
来不及与你踏遍天涯
来不及多栽几株桃李
来不及与你相拥同样的月华
来不及将绿茶斟满
来不及为你填一首《浣溪沙》

你来　却又走了
一切都是窗间过马
剪剪时光
只好作罢
细雨泪湿了半扇墙瓦
潇湘妃子葬了一地落花

昨日的伤离别呀
总会有人用诗来写它
朦朦胧胧的牵挂

早已念念成痂
与你有关的故事
都藏在我的枕下

夜雨　滴滴答答
我在想你
晾不干那块相思帕
陌上如初　花开一刹
我想问你
你去哪儿啦

树上的鸟儿叽叽喳喳
可是在笑我痴傻
那个名唤春的姑娘啊
寻不见你
已在谷雨那天
选择嫁给了这个初夏

海豚之恋

我从深邃的海底
一跃而成蔚蓝的轨迹
身后遍布美丽的涟漪
那是我想你
海心荡开的一圈圈旖旎

海风吹去万里
带去我问你何时归矣
蔚蓝仿佛落进了郁积
昨夜我梦见了
你在甲板上休憩的长椅

我只好不停地寻觅
那是止不住地想你
软滑的身体邂逅了暴风海雨
你看见了吗
黑夜我是怎样的筚路蓝缕

有种回声痴痴靡靡
那是我的思念与毕生的悲喜
每一秒都是永望无际
每一滴水都是为你而吸
无人能懂　情非得已

你是我生命之外的雨滴
为何会落入我的世界里
纵使海风吹碎晨曦
我无可奈何
你却可以张开自由的翼羽

我倾尽了所有勇气
只想为你来一次叛逆
遥远的天空竟也是蓝色
云烟如此迷离
让我好想去天边找你

你仍在悲戚　我还在游弋
千言万语只能深埋海底
目光交错后的沉寂
原来如此遥不可及
留下我寂寞地向爱行乞

海梦初醒　原来那不是你
是泪水刚好流淌到我的梦里
海的涟漪其实并不美丽
那是我因想你
分不清倒影　还是孤独的自己

龙井的味道

展一春烟雨
解开绿色的袍
青青　袅袅
你在倒影里莞尔痴笑

慢条斯理把时光坐老
等待是如此煎熬
思忖良久
与你的情事还需趁早

浮想你的曼妙
相视你的妖娆
我的唇终于把持不住
吻上了你的蛮腰

销魂的味道
从此　我就深深爱上了你
没完没了
无可救药

无可淡忘
——致我逝去的青春

往事裹挟着暮雨
敲打在记忆的青石板上
微凉　微凉
猜你历经多少徘徊
才没能继续陪我
就辞别了刚刚初升的太阳

记得你迎着晨风吹来的方向
茕茕孑立　淡抹红装
花季的烂漫
像一袭霓裳
凝滞了所有惆怅
我因此也爱上青春的模样

你牵绊着我的梦啊
韶华的激流似我热勇满腔
时而逆流
时而高涨
这都是因了你
我像彼岸　把你款款凝望

或许是惊鸿一瞥
还来不及在盛开的季节冥想

就被那位名叫岁月的情敌
一路浩荡
采撷了你最后的芬芳
独留我一人为长大而唱

回忆是一张网
遗憾充盈了眼眶
多想回头把时间重新丈量
思念撑起船桨
一不小心划进了梦里
我又看见了意气风发和莺飞草长

一切无可淡忘
一切又被无奈慢慢隐藏
时光从发丝中穿过
织染了谁的满头清霜
步履总是匆匆忙忙
错过的　只能在回忆中赏了又赏

青草绿了旋即又黄
太过迅速也太过牵强
世界为你的逝而伤
如果再得遇花儿一样的你
我愿付出所有　换回别来无恙
款款深情　只向你一人流淌

立夏·遇见

立夏的杨花
在熏风里缱绻
那一瞬之间
比我心底还要柔软
寂寞地把往事飞成痴缠

不知道还能不能再见
想念　像极了杨花
寥落地飘满
风停的时候
已飘出了好远

最怕杨花飞舞的夏天
只有我为你流连
兀自翻转
邂逅却又一去不返
每一朵都是等待的不甘

杨花飘起
漫天飞散
结局比想象更加不堪
不知多少次的抬头
小心收藏起被吹走的遗憾

谁能懂谁的窄与宽
谁又能知谁的深和浅
杨花辞别的那一刻
明白了什么叫望穿双眼
从此　回忆是一个人的孤单

不知道还能不能遇见
今夏杨花再度飞旋
那是我无比想念
左顾右盼
坐立不安

失 眠

枕畔像梦的草场
我在草场上牧着羊
踩碎了好多月亮
啃乱了满天的星光

往事更像梦的毡房
夜阑是光怪陆离的宝藏
风吹来露珠的梦呓
与我寒暄曾经的过往

刚想起年少衣袂飘荡
就喜欢竹马的神采飞扬
夜不能寐呀
想到了白驹过隙万事匆忙
又回忆小时候偷瓜的慌里慌张

所有的往事
都被夜幕无限拉长
最后又都悄然
装饰了别人的画框

月影斑驳了我孤独的肩膀
数了整整一个晚上的羊
辗转反侧

折磨惨了这张床
它可不知
我爱上了那个名叫碧螺春的绿茶汤

雨

剪剪清愁
纤弱云烟
撑把前世青伞
听雨在寂寞里弥漫

许是经年的思念
从银河的那端
泼洒出三千幽怨
打湿了明月窗前

萧萧瑟瑟　缥缈不断
本不该太过纠缠
承接了季节的墨染
谁能听到云涌的轻唤

孤寂早已成为习惯
你却说听雨是一种浪漫
既是你的喜欢
纵然骤雨倾盆　我愿狼狈不堪

是谁在爱怜　是谁在遗憾
听到惊鸿在天地间婉转
如果你懂何谓孤独
就知道什么是翘首以盼

年华霜染
抵不住离雁带走你的伤痛和柔软
雨落之时
究竟该听谁的呜咽和呢喃

我们终将渐行渐远
只留下淅淅沥沥的屋檐
滴滴答答　一串一串
化作一汪今生的相思叹

蒲 公 英

没有羽翼的荇甲
更向往遥远的天涯

安静地拥抱暖阳
从不耻于墙角安家

轻飓采撷了一场春空
飘尽万朵云霞之下

即使未曾拥有过翅膀
也努力盛开在整个淡夏

五月　槐花

都说和三月没有缘法
见了四月　也还羞羞答答
听说桃花杏花都有了娃
唯有我这洋槐
仍在闺中待嫁

想与你看晨曦漫出山谷
夕阳吻红晚霞
别再月下自说自话
亲爱的
我等你　要到什么时候啊

揉碎几朵纤云
将珍珠随便乱抓
一串一串急忙悬挂
慌乱
是我怒放的心花

河畔的杨柳池塘的蒹葭
疑惑着问　这是为了什么呀
没人知道
我偷偷地爱上五月
早早就穿上了出嫁的婚纱

大唐的女子

历史的青苔
半遮半掩了那个鼎盛时代
遮不住的是一群长安女子
各个天赋异禀
杏眼桃腮
像神话一般存在

在长安
长孙皇后倾力书《女则》
向李世民示爱
贞观之治开始大放异彩
从此一个又一个女人
流连在大唐的舞台
平阳公主率娘子军驻守关塞
野营万里　金戈铁马
女中豪杰当惊男儿气概

在长安
徐惠和江采萍的柔情被时光浅埋
攫取魂灵的终究是浩瀚宫闱
帝王的无情和三千粉黛
高阳与辩机有没有爱情　无从知晓
尴尬了那位宰相公子房遗爱
或许吧　前世无法践诺的一场情债

在长安

一位昭仪娘娘离经叛道

用权谋的手腕和妩媚的裙带

将历史改写

太平公主持拿皇家的锋刀

猜度了两代帝王的兴衰

唏嘘了多少无奈

在长安

上官婉儿拾起全天下的好诗

巾帼宰相用深沉的文字

写下寂寥与悲哀

韦氏和李裹儿的名头更加不可一世

皇太女的争锋使她们彻底颓败

留下毒汤饼的故事让人闲说乱猜

在长安

离家去国的文成为吐蕃绘就了丰富的色彩

和松赞干布的爱情流传于世

当初去和亲早已把生死置之度外

公孙大娘的剑舞逸侪拔萃

刺痛了江湖

流连了一众诗人在梦里徘徊

在长安

鱼玄机爱而不得

奋力把咸宜观大门向所有男人打开

放荡不羁地向命运进行生死告白

薛涛的十离诗写出所有女子的悲哀

终究还是没有剪断与元稹
那场没有结局的爱

在长安
有一个女子让两种水果驰名中外
伤了太真乳的木瓜
还有就是　无人知是荔枝来
霓裳羽衣的惊世旋律
一场贵妃的靡靡醉酒
把华清池和盛唐的高潮瞬间掩埋
马嵬坡的惊艳
几千年后不复盛开

有一个世界

有一个世界　稍纵即逝
却要用一生来牵挂
那里有缝好的布娃娃
有小伙伴一起过家家
在那里我们开始蹒跚学步
在那里　叫了第一声妈妈

那是一个美丽的世界
你我都曾经拥有它
稚嫩的小脸天真无邪
眼睛纯净得像朵雪花
所有的眸光
像极了绚烂的云霞

那是一个神奇的世界
每个人都不想长大
所有的笑都带有磁性
所有的呢喃都有温情播撒
即使是哭声
也是哭得出神入化

那是一个幸福的世界
妈妈微笑的脸颊
爸爸扎人的胡楂

还有温暖的家
你可能不知道开门的密码
那就是我　他们最爱的二丫

那是一个自由的世界
可以捉迷藏丢手绢掏鸟窝
跟着大人捕鱼捉虾
可以淘气地上房揭瓦
也不必害怕
因为这是唯一的童年嘛

童年的幸福珍贵无价
那是一种可以肆意的玩耍
即使跌倒
也有温柔的双手把我们顺势抱下
即使风雪交加
也有爸妈那座坚不可摧的堤坝

童年的幸福珍贵无价
那是一种嗲声嗲气的喊
也总有人甜蜜地应答
那是一抹嫩绿
捧在手里小心地呵护
希望它早日长出新芽

终于有一天
我们开始长大
生出藤蔓　茂盛攀爬
但仍会牵肠挂肚　思念叠加
可能有一千种姹紫嫣红

总不抵最初的柔软和淡雅

终于有一天
我们也被叫成了爸妈
岁月还生出些许白发
童年的世界
把回忆收纳
无法忘怀　这一生的牵挂

童年已长出梦的枝杈
成长的故事　也会心乱如麻
就算是跌跌撞撞
再也不能说句童真般的悄悄话
即使在梦里噙着泪水
即使天亮了　也不想合上这本童话

寂 寞

如水的月色
被低垂的柳枝划过
透过纱窗倾泻
开出一席斑驳的花朵

这一刻
心底漾起层层水波
幻成一首哀婉离歌
落入了悱恻的星河

这一夜
无边的晚光
拉长了美丽与诱惑
不停地找寻遗失人间的摩罗
等待马蹄嗒嗒的归客

也或许
前世烧起的爱火
已燃成永恒的星烁
寸寸焦灼　点点蹉跎
化作了今生
日复一日的寂寞

父亲·扁担

光阴似箭
离弦之后我走的太远
只有逢年过节
才能在家待上几天
父亲嘴上从不说想念
数着日子
老早站在村口的老槐树下
抬起他模糊的视线

当我叩响了门板
看着父亲热切的眼神充满爱怜
心头不禁一酸
泪水瞬间把眼眶弥漫
父亲做了拿手的疙瘩汤
香气温暖
他在桌旁像那老槐默默无言
等着听闺女说"喜欢吃"的答案

记得小时候的矮屋土院
半明半暗的墙壁上
他教我画的仕女图若隐若现
只可惜现在早已寻它不见
《木兰诗》是父亲教我背的第一首长篇
直到现在我还清晰记得

旦辞爷娘去　暮宿黄河边
父亲从城里带回来的牛仔裤和小人书
让我在小伙伴面前牛气不断
日复一日　年复一年
记忆里的每一个角落全被父爱填满

坎坷的岁月总是不断地纠缠
父亲最终也输给了时间
小时候不懂
什么是父爱如山
当我穿越坷坎爬上危巅
望过万丈深渊
蓦然发现
我穷尽所有深情去铺垫
也描摹不出父亲那
沟壑丛生的皱纹和昏花的老眼

父亲就像扁担
挑了一辈子的柴米油盐
挑不完他对我一生的惦念
不为人知的嗟叹
都刻在了上面
即使再坚韧的扁担
也会被岁月腐蚀
越发地旧　越发地弯

曾因少不更事对父亲有所埋怨
现在想起真是无比刺痛和慌乱
父亲是一本我永远翻不完的厚卷
多少个月儿升起的夜晚

我会听到熟悉的呼唤

平平淡淡　简简单单

那是父亲

在我涂鸦岁月里唯一重复的格言

安慰的不仅是他自己

还有我这个

他心里永远长不大的少年

过 客

风起青蘋之末
原来时间就是结果
当它流淌成眼眸里的泪珠
终于明白
多少初见之约
抵不过岁月的长河

回忆对往事进行揣摩
流年的蹉跎和你的沉默
是一种难以自拔的纠结
老去的时光啊
温柔却又无可奈何
它慢慢地将一切吞没

曾经在意你的喜怒哀乐
在黑夜的孤独
在霏雨的落寞
在俗世的烟火
你可知道星星怎样闪烁
我对你的爱就怎样蓬勃

就这样不经意间
你化作了四季更迭
关于你的传说

可能像风一样吹过
拥有过姹紫嫣红的季节
无须在意繁华转为萧索

天涯远阔　浩瀚星河
究竟谁是谁的过客
我的梦里
你可曾来过
或许你就像那片流云
是我种下的相思一朵
只会飘过
却永远不会散落

故乡的土炕

冬月里的土炕
柴火把它一点点焐热
记忆中的它
是我最温暖的时刻

腊月漫天飞雪
小孩子满脸喜悦
屋里屋外地跑
过年的土炕也跟着快乐

年味未散的一月
土炕被收拾干净利落
让人咂舌的是
炕梢整齐的五色被摞

草长莺飞的二月
我趴在炕沿写作业
眼睛却斜向窗外
欢喜着嫩绿的季节

三月一场胭脂雪
飘来了朝霞的颜色
翻看着喜欢的书
胳臂印上了炕席花的思索

四月
风卷起了一切
睡在土炕最后的夜晚
那是一曲回不去的伤离别

转眼到了五月
思念像只飞舞的彩蝶
梦里回到故乡
翩跹在炕桌的某个角落

六月忧伤打了结
我把有关土炕无尽的想象
编成诗行
伴我走向不知名的田野

七月我终于懂得
什么叫一去不返
就像土炕
在我的季节却也只好被割舍

八月桂花香了又落
一张新床住进了我的屋舍
时间早已悄然
摘下回忆里的那轮明月

往后　土炕的事我不想再说
因为我还将独自地走过
夏风吹来秋叶
我的鬓边也开始下起了第一场雪

荷塘冥想

——题外甥女清浅荷塘小照

我在《诗经》里冥想
踏着汉魏晋唐
拾起爱莲的时光

我在江南冥想
不知不觉走进黛青回廊
散发翠绿的几缕芬芳

我在桥上冥想
撑小小画舫
漾起叶脉流动的莲香

我在清晨冥想
悄悄插上荷的翅膀
将薄雾穿成最美的云裳

我在梦里冥想
于七月的门楣之上
像静谧的荷把盛夏细细端详

入夜微雨

风穿南墙老树
云遮月桂窗纱

人懒慵将眉画
空庭晚雨由它

这听风的怀抱风影横榻
那敲窗的细问多少雨花

羡杀赌书泼茶
无奈鸳帐空挂

挑灯剪烛
翻书无话

葱绿生涯虚化
未见迟来白马

世事多端真真假假
权且悉数将其收纳

夜凉微雨好个无价
如此夜深梳洗睡吧

有雨
无他

债

今生本不该遇见
你却从江南打马而来
在清寒裹满的石台
萧寂无处不在
杂乱无章的冬色
就这样被朝霞瞬间修改

日边红杏倚云而栽
遥不可及是谁的悲哀
有多么孤独就有多么无奈
寂寞像极了十月怀胎
一旦经雨诞上枝头
瞬间开成了相思的花海

我以不曾有过的玲珑姿态
投向你多愁善感的情怀
淅淅沥沥的呢喃
如潮水般纷至沓来
只见一把青伞
在褐色屋顶下向我撑开

久旱甘雨的迫不及待
洒落在等你的海棠庭外
终究未曾预料

微雨打湿了两情相悦的干柴
最后被遗弃在一去不回的光阴
再也无法晾晒

生命本就是轻轻一声感慨
原以为可与你
梅山嗅雪
雪吻香腮
当我的生命历尽炎凉
等来的却是雨夜一场徘徊

在与不在
两重尘埃
你是我曾经的沧海
我是你红尘的一段安排
你对我许下了诺
我对你欠下了债

风姿绰约的落雨
已被泥土瞬间掩埋
曾经的沧海也不再澎湃
寄身码头的扁舟
开始了它漫长
而又无尽的等待

松

不惧风雨　不畏严寒
千把利箭松针与云霄直面

敢谒峰岭　敢踏山涧
博纳脚下干瘦土壤之精元

孤标傲世　徒抱石磐
入地破天地去负雪登攀

无桃李婀娜的枝蔓
存清峻不阿于尘寰

虬根在岩石里不忘孤独生衍
天地中素守着我永恒的庄严

等 待

燕去燕又飞来
流连在朦胧的月霭
喁喁私语道尽
落花流水的告白
一场空寂的悲哀
逃不过山重水复
无人知晓的来龙去脉

阴晴难测
多情的月华也懂徘徊
潮起潮落
逃不过星河里的一声欸乃
春花缱绻了谁的心怀
生命推演着意外
就像天边幻化的云彩

青苔与微雨也能相爱
浪花永远在等海
一袭素衣在油纸伞下
清清浅浅
那是为你而来
多想用痴情的小楷
月夜喷薄　写一场相思成灾

上帝关了一扇门
肯定会把窗打开
那若隐若现的未来
装满了奇奇怪怪
也从不施粉黛
不小心就会和它撞个满怀
一杯浮生即将饮尽
不知我哪个等待
可以恰逢花开

梦　想

有一条曲巷
尽头是孤独的远方
夏夜用黑暗将我隐藏
流年的梦想
在我身上开满了月光

红 蓼

如果没有香氛可以炫耀
那么就静寂地孕于墙角
默默蜿蜒
在乡野里写下执着的诗稿

靡靡秋雨故作姿态
是想听我哀婉的祈祷
风拨弄了季节
或将掩埋我所有的微不足道

无人能懂的孤独
布满了我一个人的荒岛
寂寞吻向寂寞
结局比孤独还要潦草

然而骄傲
绝非所谓的凤毛麟角
是明知风的痴缠雨的凄冷
还能破涕为笑

一半被野火吞噬
一半被岁月叨扰
依然蓬勃
灿然于每一天的拂晓

微雨夜跑

借一阵微雨把诗意捕捞
借一点诗意把新梦垂钓
奔跑的雨路
曲曲折折弯弯绕绕
却怎么也跑不出
想你的良宵
曾经因为你而逃离阳光的照耀
曾经因为你而患上失眠的烦恼
期待了许久的微雨缥缈
浮想那滴答滴答痒痒的撩
带着对你的狂念
酝酿着出逃
我把我全部的寂寥
跋涉成雨中的一篇相思稿
就在你的怀抱
我露出了
急促的呼吸和无人懂的心跳
无所顾忌
更不可救药
不知历过多少高潮
掌心全是夜的暗香
雨的味道
我的嘴唇终于把你强吻
不再饱受相思的煎熬

无 奈

季节被一场秋雨悄悄拉长
徐徐的风把众生染成了金黄

曾经的忧伤和不愿提起的流浪
雀跃成累累枝头的整片阳光

秋天在午后不停地张望
匆匆着原野里下剩的芬芳

人们常常悲叹所有肃杀的念想
却又无奈地走进深深浅浅的秋凉

随 想

俗世的丰饶
不抵宇宙的半秒

刻意地模仿高傲
其实就已承认了渺小

峰峦的恩仇
多半耻于他山更高

茅茨之屋
或隐藏了凤毛麟角

空谷的兰香
更能托起无闻的蒿草

甜的也许是裂枣
美玉尚须七日的煅烧

绝世的花儿总凌于崖峭
一滴水也会有大海的风骚

七夕夜

云霞点燃日落
清梦压碎星河
这是我等了整整一年
才能见到你的七夕夜
葡萄架下侧耳倾听
千万只喜鹊匆匆且又执着
惊醒了天边柔情的新月
凌乱着人间阑珊的灯火

不停地在星河中漂泊
等你的秋千飞荡在我的心窝
随手的金簪竟是别离的时刻
从此懂得了情劫谓何
我于人间怅望
你在河汉落寞
你可知我们的故事
已经嵌入了一个美丽的传说

漫天缥缈的烟波
见不到你来时的车辙
亲爱的人儿啊
今夜你可曾来过
金风玉露如此脉脉
两情长久不应天河永隔

如果不能朝朝暮暮
这便是此生最大的折磨

所有的悲欢都拷问这副枷锁
想你的泪不愿滂沱
七夕的雨夜
可否看到你的明眸
不再泪珠闪烁
这是今生无法轰轰烈烈
我对你
唯一的嘱托

我在江南等你

江南雨巷迷离
袅袅而又凄凄
秋叶纷纷
烟雨次第
斜风打湿了我的罗衣

你在水乡画里
爱上你　我逃之不及
念去去千里江波
藤舟伏笔
我于秋日的午后在水畔等你

月光遮住了你的眉宇
只听见你微微的呢喃
突如其来的邀约
你可会面如平湖
心底若狂且万分欣喜

如果可以
想一同摇橹去听霏雨
凝着你的深眸
让所有的诗和江南相遇
让我漾成你余生的涟漪

如果可以
小巷细数着你我的步履
就这样一往而深
窃窃私语
把爱的心伤悄悄拾起

水木流年如此情急
风已捎来叶的消息
无法治愈受伤的秋光
一片开始飘远
一片也将委逝尘泥

请恕我如此平淡无奇
我只愿安眠于你的梦里
梦醒的清晨
风惹恼了一抹铜绿
那是斑驳的思念层层郁积

所有的开始未必有结局
所有心伤却一定有谜底
乌篷船划向天际
以后的以后不知是否还有你
或许你早就全然忘记
而我在江南等你
可能依旧是慌乱不已

拥抱·秋

是谁在遥望灿灿的金稻
是谁起伏着翻滚的麦潮
是谁在多情的黄昏
看霞霓缥缈
是谁在秋天的枕畔
亲吻着收获的味道

于长堤之上看秋光袅袅
陇头的余晖斜照
土壤里倾泻的鎏光
不仅仅是参差不齐的杂草
还有那颗名为过往的果实
凝结了对明天的祈祷

掷一颗石子惊扰觅食的鸟
旋即荡起悠扬的歌谣
喜悦随着歌儿飘过锅台炉灶
风扶着炊烟节节拔高
想象着锄镰上下翻飞
仿佛又找到了恋爱时的心跳

岁月打磨你我的棱角
秋收冬藏　岁物丰饶
也能把持住嘴角的微笑

那颗渴望梦的心
铢积寸累地操劳
只为弱水三千
大地一个轻轻的拥抱

遇 见
——记游阿坝藏族羌族自治州月亮湾

我是三千飞雪
最无名的一片
不经意飘落在你的眼前
或许是前世的缘
你化作这月亮湾
经久地等待
相思溢满了水畔

在看似平静的悠然里
你总是淡淡
把缎带遗落云端
天光霞影疑惑你的辗转
你总是默默
将裙裾挽进草原
万里青碧抚慰你的孤单

你把真心铺成一幅长卷
如云朵般的泪珠
润泽了天上人间
一弯银色的月
围绕着星河盘旋
照亮了我寂寞的心田
那是梦寐以求的喜欢

当思念斟满千年的杯盏
我不顾疲惫　满襟弄晚
跋涉着山高水远
迷醉于你的眉间
吻住你欲说还休的念
用文字在你温柔的怀里
将这一刻缠绵

我闻得见水草味道弥漫
弥漫的飞鸟
飞鸟连绵
连绵的叶面
叶面听得到微微的浓鼾
那不是睡了的鱼儿
是你拥紧了我　今夜安眠

当隔世的雪花落在今生的韶年
千里迢迢只为惊鸿一眼
如果注定要在思念中煎熬
那么
一个擦肩　一个流连
也许这才是
人生最美的遇见

七彩丹霞

我见过最美的纱
是流光溢彩的石飞花

我见过最美的画
是夕阳的流云生月华

我见过最美的娇恰
是炫梦迷惑了全天下

我见过最美的慵懒
是玉天仙子人间横卧榻

我听女娲悄悄夜语
不小心诞下这片阆苑仙葩

我知道一个神秘女子
遗落凡间　名唤七彩丹霞

翡翠湖之恋
——记游青海大柴旦翡翠湖

不知前世被谁羁绊
我堕入了天的那边
恍惚的瞬间
像一个慵懒的梦
温柔舒展
陆离斑斓

不知怎样读你
半是明媚半是潸然
半是琉璃炸裂
半是玉暖生烟
半是鲛绡泪透
半是深深浅浅　湿了一袭青衫

这不是尘缘
是三生石畔荡起的旖旎
误以为拨向我的思弦
就这般
种下一池忘不掉的情澜
在你的梦里　纵横悲欢

成熟的声音

我曾试着追逐
你钟情的流云
我曾试着找寻
你激荡的青春
我曾匍匐在你的怀抱
澎湃你流光溢彩
飞扬的青衿

绮霞映照层林
你竟如此动人
我不曾走入你的秘境
所以不懂你的深沉
你的笑意有些沧桑
仿佛春夏的情深
藏匿着爱过的光阴

走过千山万壑
烟花流水不知几轮
秋风里的余温
为你穿上藤黄的衣裙
烟袅故人村
犹疑婉转的秋雨
为你斟满丈量四季的酒樽

我不停地追逐
不停地找寻
遗憾我是一粒埃尘
更像个归人
你近在咫尺又辽阔无垠
无垠的遥远
让我无法亲到你的芳唇

今天以后
秋叶飘落纷纷
你带着镰刀的吻痕
告别大地
告别流年落寞的清纯
和霜雪即将
举行一场大婚

我喜欢听孤独的声音
我渴望岁月生津
我把无尽思念倾尽于
遥远的你
和明春的诗文
一边是秸秆燃起的烟火
一边是成熟灌溉的灵魂

遗 憾

岁月流转的间隙
是上帝的灵感
留下了一树树斑斓
都只道彩色迷乱
谁懂那是我梦的哀怨

萧瑟途经的暮秋
离别也能如此惊艳
留下旖旎缱绻
像依依的情话
在你耳畔呢喃

说不尽的缠绵
道不尽的依恋
请你再看我一眼
沦陷在这春天里的疑惑
秋天才写出的答案

我多想亲吻
秋阳下路过的你
回到我们都曾青涩的少年
我多想拥抱
瑟瑟秋雨里的你
让整条街泪目花了妆面

从此霏雨烟尘两不相干
我一个人漫天飞舞
将离别深深迷恋
我的呼吸如此缠绵
是严冬前对你最后的陪伴

今夜无眠
月色与心事一直纠缠
只听呼啸的北风说晚安
来不及和你道别
明晨我将消失在地平线

不知你可否听见
几只离雁代我向你轻唤
那一片殊途忘川
或许能泊靠所有辛酸
却永远带不走今生飘零的遗憾

深秋的海

风收集了所有的孤独
海安静了下来

波光粼粼爱上那艘渔船
将惊涛置之度外

阳光映照下的姿态
温柔了整个秋凉的无奈

时间最是不知好歹
煮海　又帮我染上两鬓的霜白

怒　放

枯藤老树影长
乡村昏鸦斜阳
金黄洒落了一地
蜷缩在梦的南墙

残荷西风满塘
枯草云天染霜
收拾了旖旎的春梦
冰封了思念的忧伤

日月星光茫茫
池林归鸟成行
心情的脚步总跟不上
流年的那场芬芳

漫山枫火滚烫
萧瑟烟影成殇
别离在这个初冬
孤独的感觉瞬间流淌

月寒谁人来赏
夜长浅梦微凉
繁华落尽的日子
才知世事皆是一场匆忙

燕子今年别后
新巢何处不详
心底生出的等待与渴望
填满了三月的心房

把盏半世沧桑
仍揣少年模样
就像冬天里的第一朵雪花
不畏严寒　饱含深情怒放

思 念

思念是一口井
我假装成漂泊的落英
煞有介事
掬水捣碎了月影
从此
井里有了阴晴
我也有了曾经

我的世界很小
——谨以此诗恭祝母亲寿诞

我的世界很小
小到只有这座城堡
里面住着一只
名叫母爱的飞鸟

我的世界很小
小到只有母亲的怀抱
多少暑往寒来
她为我挡了夜凉的侵扰

我的世界很小
只有一盏守候的灯草
母亲期许的目光
是治愈我迷茫的一味良药

我的世界很小
一座波澜不惊的花岛
母亲就像驿岸
与我一起抵御骤雨和风暴

我的世界很小
通往外面的街道只有一条
从东往西的尽头

母亲望着我总是泪挂眼角

我的世界很小
非常幸福着母亲的微笑
只要有她一人
粗茶淡饭也足我温饱

我的世界很小
就我一个人孤独地奔跑
母亲说她年迈龙钟
不能陪我到天荒地老

我的世界很小
我也很想去天涯海角
可是无论外面多么迷人
我最终仍会回到母亲臂弯里泊靠

夜雨伤别

叹暮黑　灯影隐隐
更哪堪　飞雨纷纷

听风来　迷烟滚滚
对残酒　醉脸醺醺

鸾镜里　泪珠阵阵
倚篷窗　无奈深深

忘归人　怎的恨归人
慰卿恩　怎的忘卿恩

新诗文复旧诗文
怕黄昏又再黄昏

啼痕
一个念几分　一个瘦几分

快乐是啥

快乐是啥
春天不说话
只顾给桃树插支发夹
让三月的软风
在大地上吟诗作画

快乐是啥
夏天不说话
只顾听熏风解愠树叶沙沙
让淅沥的小雨
蓄养半池蝌蚪塘蛙

快乐是啥
秋天不说话
只顾闲坐烹煮一壶老茶
与友言欢对弈
看退却浮华果蔬满架

快乐是啥
冬天不说话
悄无声息地来场雪月天涯
吟唱红泥炉火
将岁月慢慢融化

快乐是啥

你不说话

心有灵犀白衣竹马

对我轻轻一句

你是我可爱的傻瓜

快乐是啥

我不说话

鬓如霜染忆青丝乌发

采撷朵朵心念

把所有遗憾全部放下

快乐是啥

岁月不说话

不管红尘的酸甜苦辣

披荆斩棘的日子

款款真情最是无价

快乐是啥

快乐也不说话

那我告诉你吧

快乐就是　即使数九严寒百卉凋落

还在等一朵即将盛开的雪花

有些相逢

有些相逢
真的是好痛好痛
数不清多少心烦意冗
可是再痛也要修炼
那月凉清冷的笑容

有些相逢
是一次怦然心动
却播下名叫孤独的种
此后多年
也未将心结再次打通

其实有些相逢
就像是昨日的晚风
去得那般匆匆
无法预料掠过谁的眼底
又涟漪在哪片心湖之中

才遇柳绿和桃红
拥过年少与玲珑
斑驳了光阴的馈送
有些相逢啊
一蓑烟雨后　落花成了冢

犁平了时间的深丛
记不起尘烟里几许放纵
我沿着思念的严冬
渴望与你再次相逢
行至水穷　坐看你的风起云涌

最好的永远

记得初见之欢
炙热千般
一刹那生出的恋
留在了眼底眉间

那时　天特别蓝
雨里你为我撑着伞
有你的画面
不再月缺花残

说好陪我去江南
看雪中寒梅点点
还说今生永远
仅此一句　我便沦陷

然而时间寡淡了情感
许诺也渐渐漠然
一场约定俗成的聚散
忧郁了似水流年

你就像清溪里的飞烟
逝在晓风杨柳之岸
无人再为我撑伞
只我一人走在雨天

往事恍如梦幻

像极了夜空的星盏

闪烁着遗憾

又被遗憾孤独地追赶

听说要五百年的修炼

才能人海里擦肩

前世注定的缘

像彩虹在雨后才会出现

天好像没那么蓝

糖的味道也不那么甜

猜不出的谜面是最好的永远

最好的永远　是对你浅浅的眷恋

一场浅梦

我是一朵簌簌的雪花
熏风过境
迷失在你的仲夏
祈求上苍把我变成云雾变成雨
只要今生与你擦肩
我愿融化芳华

在你怀中望穿想念的晚霞
在你眸里滴落相思的雨花
我知道我的渺小
是洪荒万年的一刹那
而你行色匆匆
一旦错过　便是天涯

流经你的溪流湍湍
是我弹奏的一曲《天净沙》
淅淅沥沥的雨呀
是我今生欲言又止的话
你我的生死契阔
要用一生来彼此记挂

昨夜梦里的翩跹
我如蝶纷沓
弃了三世轮回　将等待描摹成画

如果不能相约
我愿煮凉半盏梅茶
清芬在你芳唇之下

暖阳将我缓缓融化
明春的苍茫大地雨洗烟华
与你深情对望
那是我为你而洒
这来生的一场浅梦啊
明知零落尘泥　也愿赌它一把

夜昙

你是朵夜昙
我迷失在你盛开的一现
淡蕊谁怜　幽人空叹
我的等待
你永远看不见

你绝世的容颜
落入了我的眼
双眸盈雨
清泪可寒
漓湿了往事　朦胧了前缘

浓稠的夜　实在太晚
我懂你的　或许太浅
不知今夕何年
这次第
思念如雪　心花怦乱

一如迷烟
随水静默　红尘深远
你转身的一刹那
往后的月下花前
俱是清欢

渡　口

斜阳里的一只沙鸥
不知我的哀愁
只以停落
相思于你的眉头

烟寺的亭楼
不懂我的烦忧
只以驻足
深情着你的眼眸

刻满相思的兰舟
载我悄悄来　又匆匆走
只以怅惘
氤氲在你的温柔

曾经的寒江独钓
引来一纸霜秋
我的轩墨诗香
是否染透了你陈年的衣袖

时光易老　美人难留
晚天长长　落日已收
拍岸的不只夜凉如水
还有那不可言说的情由　无止无休

相　遇

相遇

皆为偶然

一个眼神

可把彼此心距　缩短

那是因为

你我正做着相同的梦

想在梦里

相依而安

相遇

把情思拂乱

没有油纸伞

没有江南

红尘转角却不再孤单

只愿

夜色阑珊卧

雨来听远天

相遇

感时光如简

过往执着之渴盼

心心念念

我只求此生

一日三餐

柴米油盐

终得公子贪欢

相遇

真的好难

多少落红怨了春晚

夜色阑珊

又有谁能挽住

似水的流年

寻你　不见

只剩这远影叹孤帆

相遇

嗔喜各一半

往来婆娑

浮沉缥缈　纷繁万千

梦醒后

便是天涯太远

你我相遇

原本就是擦肩

冬夜夜跑

我被如梭的日月绊倒
不再花一般青葱年少

寒凉的夜让凄星依靠
孤独的我在月下奔跑

胳臂被汗水吞剿
影子与薄寒缠绕

寡淡生活酿成汹涌的寂寥
渴望那份疲累在枕畔缥缈

霜雪可知多少
北风好像有脚

逐我到华枝春满的未知彼岸
何惧一个又一个无聊的纷扰

望 江 南

我望帘外
烟雨中的江南
流香的软风
明亮了你的眉眼
柳叶舒展了柔波
搅动相思
荡起涟漪圈圈

茵茵芳草下
一马长川
鸟鸣清音婉转
陌上青鸢入云天
美丽　始于你慵懒的幻
这可能就是我
梦里的江南

我望帘外
江南不近不远
记得相约同乘兰舟
看初日含山
度冉冉流年
今夜写满一纸纷乱
眠进这月色的孤单

当光阴漫过青石

曾吻过的江南

氤氲着别离的憾

寂静了春花

清冷了月圆

袅袅微醺　曲终人散

独留一幅江湖相忘的残卷

我望帘外

长发轻绾　低吟远念

三月的雨滴

已悄悄地

染绿了我的枕畔

风月没有江南

谁柔软了谁　谁又被谁羁绊

思念的细雨

到底打湿了谁的屋檐

景致依依

步履渐缓

那是我昨日的梦

又入你的江南

流连忘返

我从你身边飞过

我是一只蝶
从海上飞过
好想在你肩上长久停落
穿越霞光的律动
把心事向你婉转诉说
哪怕　只有短暂的片刻

波光粼粼的你　平静如昨
倒映着远天月白色的云朵
我爱极了万里青波
可是遗憾
我如此这般渺小
无法惊扰你的波澜远阔

入夜　你依偎在璀璨的银河
娉婷又婀娜
在你漫无涯际的裙裾之间
我振翅一跃
将那相思
托寄给跳动着的点点渔火

你拍打着嶙峋的岩石　把往日沧桑抚摸
那才是爱意汹涌下的瞻渴
飞溅的浪花

越发让我不知所措
望去起航的桅帆
独自被漫长的等待淹没

多么艳羡那珊瑚的世界
它可以在你心底　纵情地摇曳
曼妙舞蹈　满面羞涩
而我　你的眼中充满淡漠疏离
只许了我一半海的传说
一半美丽的诱惑

我从你身边飞过
你惊世骇俗的大气和磅礴
是我生命里最迷人的景色
愿留下陪你看云开云错
不再惶惶犹疑
不再有这遥不可及的黯然与闪躲

听那哗哗的海水　看那涌起的泡沫
是你经久以来生成的诺
与其流转天涯
我不如化为蔚蓝一抹
融入你的魂魄
如此　也算我拼尽全力把你深情地吻过

回 忆

时常地回忆
但不再是忆你
也不是捕捉有关你的讯息
而是在数
时光堆积了多少个
曾经的迷离

我是否已成为你的回忆
你的回忆里是否
还有初见的暗暗欢喜
一场唐风宋雨
文字流经的岁月
湿透了我　和那件年少的裳衣

多想找回初见的你
也找回初见的肆意
一旦错过了花期
再也回不到花季
也回不到从前
往事躲在回忆里　寂寞了它自己

世间最遥远的距离
是曾经拥有
最后却永远失去

当迷离的自己都不愿再想起
把回忆压在心底
才知道往事　俱已矣

镜花水月如此神秘
得不到的才最美丽
人海茫茫
看着你的背影远去
我不愿把回忆的落叶遗弃
你却把往事的大树连根拔起

遗憾的风迟早会路过梦里
一段回忆
不会真的不在意
其实都是佯装
哪怕已过半个世纪
我也不会想不起

春心无处不飞悬

晓月拂槛　　衣袂翩翩
雍容嫣嫣　　楚楚粉面

弱风描你眉弯
绮霞妆你额畔

星摇璨璨　　雨落娟娟
你之心头　　枝横萤炫

谁醉把这夜色孤缠
竟将思绪惊扰个遍

搁不住的柔肠牵
非关翻书眠迟倦

生情怅然
生泪暗叹

良辰美景　　赏心悦事就在院前
孤心半点　　又添奴家新愁一段

春心无处不飞悬
恰便是这般形现

那 一 生

那一刻
我就在你的眼睛里
踏雪而来

那一天
梅山上的梅
情窦初开

那一月
你在我的笔尖上
暗香徘徊

那一年
疏影里的雪
被流年浅埋

那一生
多少次澎湃
初见的枝头　早已落满尘埃

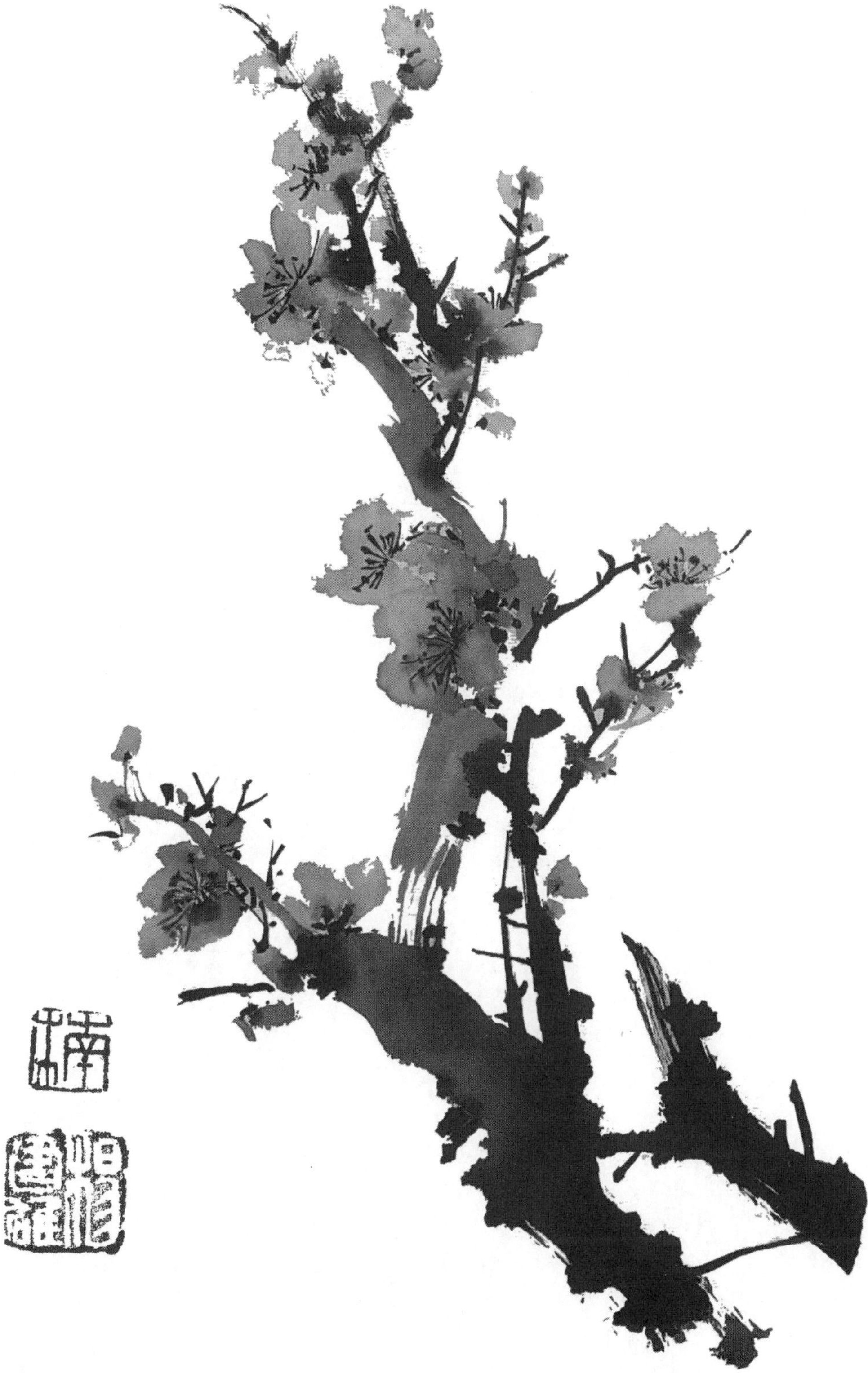

立 春

你说你在远方
我便把对你的想象
系在桃花枝上
春寒料峭
雪化初晴
今夜
眺望你远来的方向
好想告诉你
我的等待　是什么模样

在你我初逢的路上
北风把季节吹殇
雪花曾铺满了大街小巷
思念也变得冰凉
当我跋涉而来
你跋涉而往
无数的白色茫茫
瞬间化作
光阴隧道里的暗香

你是人间希望的绿裳
你是我笔下美的诗行
我的情话
是软风　是嫩芽　是暖光

我的情话

是溪水　是鸟鸣　是云翔

我的情话

在冰天雪地里孕育

是一季的相思情长

今夜　我写给你的情诗

是对你的心动　对你的念念不忘

我已听到你的脚步声响

在这大寒最后的晚上

你敲了我的窗

总有一天

在相思的枝头

你以春的形式　向我回眸

绽放今生最柔软的时光

撷一朵海棠

撷一朵海棠
放在胸前
权作是对你的念想
好怕流年
随轻风而荡
漾着你离开我的身旁

撷一朵海棠
插在鬓边
权作是把你的过往收藏
好怕流年
凋零了新妆
模糊了你来时的模样

撷一朵海棠
躲在伞下
权作让你伴我夜雨微凉
好怕流年
放逐了月亮
让孤独淋湿了我的街巷

撷一朵海棠
藏在心间
权作我在你的怀里安享

好怕流年
斑驳的失望
荒芜了我余生的时光

撷一朵海棠
留在梦里
权作我是个忧伤的花匠
好怕流年
把棠香吻过
明春又爱上一树桃李的芬芳

徘　徊

心事
被夜浅埋
一帘相思的月霭
枕着无奈
在这安静的晚上
挂满了心台

那个卓然的女孩
总在梦里
向我缓缓走来
仿佛听见了梦的声音
像跌宕的钟摆
汹涌澎湃

夜色
终将模糊我的告白
只记得那一抹豆绿的裙
望穿秋水
迎风而待
圈圈涟漪　是不愿离去的徘徊

没有谁会在意
曾经的来龙去脉
执着如我

多年以后　依旧忍不住去猜
究竟是谁
走进了你独一无二的襟怀

穿越茫茫人海
你　却在海之外
烂漫的一场夜梦
像极了年少的情窦初开
然而　终于明白
成年后的徘徊　是淡淡久久的哀

烹 茶

指尖轻捻
抖落香叶几片
收了梅花上的雪
煮沸
把前世的缘
沏入今生的茶盏

幽幽斜烟
袅袅舒展
一道香茗在案几上悠然
淡淡的暖
扑面
朦胧了相思的眼

这杯中多少潋滟
且看一抹绿的翻卷
独坐
柔肠百转
廊下无言
斟饮风流也无人管

我的对面　时光寡淡
期行云缓缓把流年拖慢
期某天傍晚霞晕初现

对面

公子口渴

小姐这刚烹的茶　可否让我尝上半碗

总　想

总想
去人海中找寻
总想
问你　为何不做归人
风吹几季　月缺几轮
屈指的日子
半是渴盼的嗔怨
半是等待的芳芬

总想
去寻你爱的初春
总想
再吻你欲说还休的唇
侵染了萌动纷纷
梦里的时光
半是甜蜜的奢望
半是转瞬的光阴

总想
等那有你的清晨
总想
微风拂过你曾住过的烟村
神思漂泊如你的云
望穿的泪眼

半是戚戚的哀婉

半是无奈的幽深

总想

写篇有你的诗文

总想

牵起你淋湿的衣裙

在檐角下讨论涟漪的真心

如此这般撩人

半是郁积的痴怨

半是懵懂的清纯

总想

陪你看日落　霞挽黄昏

总想

步履蹒跚　一道走向白发如银

虔诚叩拜尘世的烟火

花开无痕

半是遗憾的如果

半是宿命的成因

我是一缕炊烟

我是一缕炊烟
迷乱在你的灶台左边
晨起把清粥煮沸
正午直眺远天
傍晚追逐落霞的斑斓
就这样
对你的等待
陷入了一天又一天

我是一缕炊烟
留恋你早春放飞的纸鸢
赶走仲夏知了的忧烦
翻看深秋落叶的书卷
吹开你严冬夜归的凄寒
就这样
你走近　又走远
我在白墙青瓦间把你望穿

我是一缕炊烟
陪你深深浅浅
一日三餐
是我对你经久的念
思念愈烈
爱意骤添

燃旺的灶火
把我的前世瞬息点燃

直到有一天
看到你为邻家姑娘撑起伞
扰了我的视线
我驻足原点
好想随你也飘出大山
此后
我的呼唤
深情在和你的距离之间

你已走远
凉风把所有的记忆剪断
有你的曾经
都遗失在昨天
而我
一缕吹散
结局就在那位诗人
夜来寂寞的笔端

驴 打 滚

听闻尘世
有高山巍峨
有江湖碧波
有向往的美丽和苒若

来到尘世
遇见筛遇见箩
遇见看似热情
却又灼热难耐的炉火

发现尘世
我们都只有一种选择
先在烘烤里跋涉
最后被饕餮吞没

历过尘世
不再不知所措
因为最后
不过是菜单上的三字笔墨

辞别尘世
我终于懂得
在名唤瀚海的沙漠里滚过
生命才会赋予你一世婀娜

有这样一个你

有这样一个你
温婉在月朗风清里
以温柔娇美
妖娆了四季
每个微笑
都漫过心堤
漾起涟漪

有这样一个你
相约黄昏后
情不知因何而起
是兜兜转转终遇的灵犀
相思的红豆
只愿与你共结连理
心跳得难以自已

有这样一个你
携手在风风雨雨
以勤谨为犁
每个脚印都是相濡以沫的痕迹
生活的长堤
被你执着演绎
所有幸福都有你深情的伏笔

有这样一个你
采撷春花秋月的旖旎
以芬芳的笑靥
驱走冬的严寒夜的孤寂
漠漠红尘
不离不弃
浓情的绚烂安暖在这个家里

有这样一个你
躬耕劳作
于厅堂上厨房里开天辟地
目之所及
岁月的点滴被你染尽诗意
流年的朝夕
是耄耋回忆时最珍贵的贺礼

用尽排比
也无法描摹对你的痴迷
因为一直以来
世界上最美的东西
除了淅沥的小雨四月的桃花
还有就是水做的
那个你

三月的风沙

你就像三月的风沙
慌乱了春的年华
你的微笑
裹着嘶哑
无数次邂逅
撩起我忧郁的长发

不知道
是因为在倾听你的情话
还是爱上你的风雅
你盯着我羞涩的双眸
却不懂追求方法
送的礼物　让我强忍泪花

我痴痴傻傻
迷失在你狂野的爱恋里
整整两个月呀
向往那
长街春意盎然
四月穿上粉白的婚纱

你的追逐
来时春心荡漾
别去话语涂鸦

弹指之间
还没能开始雪月
就听说你已浪迹天涯

一季缠绵一世牵挂
有你的日子
醉了浮华
可惜人世沧桑
皆为窗间过马
拥有落雪　就别期许盛夏

盼 春

酿了一整个冬天的酒
驱赶了谁枯寒的愁

我用多情的文字
偷偷摸了下三月的手

暖阳吻红了天际
又让风拉了拉你的袖口

你如痴情少年般风流
在枝头遥遥向我回眸

期待那场酥雨的宠幸
跨越严冬不可逾越的鸿沟

撩动着我的心跳
忘了等你初始的情由

我听到远方仿佛春雷滚滚
不由夜里起了相思的念头

影 子

许多年了
你一直在我身旁
看过我
邂逅尘俗的忧伤
懂我的泪水为何夺出眼眶

无论我得失与否
你总在离我最近的地方
如磐石
并着我的肩膀
同迎日出月上

祈求过地老天荒
执念早已模糊了过往
唯有你
伴我花落水长
许下个白头守望

被你钟情的世界
是灯火　是太阳
还有那
爬上我幽深的心房
努力绽放的一轮月亮

盼 雨

等你许久的疏枝
荡起了柔波
漫出一股子羞涩
暖阳
纤细无声
在想你的心上婆娑

新抽的花苞与风在私语
一点暗红
定是被偷偷吻过
河岸
流光再也不准它
梦醒还沉默

我在这里
良久地盼着
盼着
软泥润湿
坝上新凉
你的钥匙打开春天的锁

我想　你会种上
锦瑟流年
在田野在山坡

我猜　你会种上
汹涌的思念
在青瓦之下缓缓地滴落

打今儿起
我的心情想和你婉转婀娜
如果可以　我向天边借上白云几朵
一阵春雷
你着红戴绿
就嫁给了我

何谓真相

人生的列车
驶出不惑的当儿
蓦然回首
孤傲的倔强
冲动的理想
早已卸掉了戎装
化作逝去的清风二两

云朵如昨
令雨心驰神往
今夜的月
依旧闪着千年的亮
唯有时光易老
春花芬芳
一转眼便已到了霜降

总在回忆那灿烂韶光
年少几多轻狂
痴妄捉鳖五洋
亦曾信马由缰
当皱纹悄然来访入室登堂
才懂所有的美好
不过瞬息一场

我的那些灿烂韶光
伴读的月下西厢
寂寞等你的雨巷
漂泊的心
总是在不停地摇晃
当两鬓若霜
埋藏记忆的依然是两两难忘

然而　斗转星移
世界和我都已不是原来的模样
荒唐彷徨又迷茫
人生梦太长
南华的庄周
可否知会我
何谓它的真相

绿 萝

我是一株绿萝
从不与花比娇弱
也不与柳比婀娜
我在阴荫墙角
静守一隅淡然的执着
若想比　便比
谁耐得住寂寞

我是一株绿萝
从不与玫瑰比浪漫
也不与秋菊比洒脱
只要有水
就可存活
若想比　便比
谁生而热烈　如此的盎然蓬勃

我是一株绿萝
不见香气四溢
也无美丽传说
更没个诗人写一句有关于我
若想比　便比
春荣秋谢
谁有四季永青的颜色

我是一株绿萝
尽看人间百花魅惑
而我
孑然之身无法描摹
我想我永恒的绿色　一定是
当生命让蚕蛹丑陋
势必会赐予它翩翩起舞的资格

玉 兰 劫

在这柔软的一季
可知我还在等你
自从爱上你那白色的浪漫
思念就开始郁积
从夏初到冬里
我不停地用文字
捕捉有关你的记忆
经年如一

我努力收藏你的温润
迷失于那浓郁的气息
在你的眼里
我是否无人能替
在你的梦里
可有我相思的迷离
可有朝阳之下
滑落的坠露一滴

你的微笑伴着月光
留在别后的遗憾里
不是不想忘记
真的无可比拟
玉兰花香淡淡依依
让我想起初见那年

不知你芳龄几何
我肯定岁华十七

几许烟尘
几许孤寂
即使等到春天里的你
你是否依然在意
是否还是最初的自己
结局变成了谜题
商量毫无余地
时间不会交集

终究款款深情
换来落花无意
多少年后你还着一袭如玉白衣
而我只能远远望去
或许
一场繁华的相遇
再见时　都不过
一个陌生的相揖

最难熬的事

你知道我喜欢雨
所以
你把往事放凉
掺入黄昏
渲染你
经久的别离

落雨无所顾忌
恼了春红
怨了尘泥
唤醒了初见的记忆
在房檐下
一滴　一滴

世界上最难熬的事
不是等待不是执迷
是思念被夜雨打湿
我的枕头
泛起了
大大小小的涟漪

风爱上沙漠

我为他感受炙热

感受焦灼

感受孤烟的寂寞

我为他把落日抚摸

朦胧独行的月

把铃铛吹响

问候一队疲惫的骆驼

我的漫卷和狂烈

都是因为爱他

可他却不愿接纳我

因为他爱绿色

爱潺潺的河

还要为那无声的跋涉

保持几个世纪的沉默

如此

只能选择擦肩而过

任凭我一次又一次

扬起思念的流沙千万朵

在文字里

好想在文字里
将有你的往事垂钓
把日子一个一个过老
尽管有些虚无
也强过漫无目的的寻找

希望在文字里
约于拱桥
让三月的江南惹上多情的味道
宁愿等你的雨
淅淅沥沥下个没完没了

喜欢在文字里
用思念把你缠绕
不顾月亮的偷窥
在梅花树下
讨要一个温暖的拥抱

不怕在文字里
诗心染上寂寞
长出缭乱春草
孤独是种享受
因为想你的瞬间已足够美好

只能在文字里
月冷风清处祈祷
青灯向壁　山水路遥
我可以肆意地想你
笔墨遍布天涯海角

码 头

朽竹篙舟
总是被冲到下游
我除了丑陋
还有过往未愈的伤口
余下
一无所有
滞留在有你的码头

暮雨成秋
将你我深情勾留
你从未耻笑我的落魄
却怜惜我满眼的哀愁
之所以懂得
是因为你曾天涯里行走
也曾身处逆流

你用坚忍的眼神告诉我
除了自己
无人可以解救
你用温暖的拥抱告诉我
情谊比金钱远重几筹
尽折长安柳
也不如懂你的一个理由

晚霞蓄谋已久
码头被涂上依依不舍的红釉
你总轻而易举把我看透
又把最美好的时光载走
分踏上不同的客船
我知道此别之后　想念你的
是拍打沙滩的浪头

还没来得及挥手
夜色已尽显温柔
你　可否
还会因为一点点的依恋
像最亮的那颗星斗
把你的行踪透露
眨着惦记的双眸

与书结合

与大地结合
种子才孕育出生命的绿色

与风结合
蒲公英得成海角天涯的访客

与玫瑰结合
爱情妩媚成一首懂你的诗歌

与油盐柴米结合
人间处处燃起温暖的烟火

与真爱结合
俗世灵魂才不会戚戚而寞

与书结合
微末之时可以不惧苦涩
小小野草也能盛放花朵

暮 春

东风像个裁剪郎
让春天穿上五彩的裳
一半儿桃红
一半儿柳黄
一半儿浅紫
一半儿秋香

绿色在田埂上
柔软地流淌
　白云　燕子
　小桥　南塘
绵绵新雨告诉我
亭西的软泥已孕育春墒

鸟儿叽叽喳喳
飞进院墙
蘸着晨曦
喋喋不休叩响轩窗
用清脆的嗓音
唤我起床

我知道
转眼东风就要去裁夏日的装
天涯咫尺的念想

不得不深藏
这时候　一切
已发酵成暮春的酱香

枝头坠满淡淡匆匆的时光
都说日子不能用尺子丈量
任凭酸涩疯狂生长
还未抚平往昔的忧伤
亲爱的你
可否接得住　这一地落花的惊慌

想 你

如水的时光
匆匆流淌
这个春天
还没来得及好好欣赏
初夏
已悄无声息地在空气中飘荡

粉红鹅黄的旧事
在我的长情告白中渐渐成长
漫山遍野的绿色
是渴望
是惆怅
杂乱而又无章

其实
思念的影子就像绿色
布满你经过的路旁
我只是换了一种方式
想你
顺着夏天悄悄到来的方向

写给五一

你像月一样
倾诉夜的寒凉
你像霞一样
在黄昏的晚天渲染夕阳
你像朝露一样
浸湿了流年的枕畔
迎接五月的晨光

你在听
清泉日夜欢唱
谱一曲秧苗拔节的交响
你扛一把锄镐
在菜园里愉快地徜徉
你邂逅了微雨
在田间洒下了金秋的梦想

举手投足间
深情充盈着你的眼眶
幸福淋漓着汗香
在五月
你的血液澎湃激荡
把全部热烈
努力地向生活绽放
绵延眺望

你知道终点还在远方

萦绕心房

无尽的等待还在路上

自从睁开眼睛说早安

你的世界就再也没有闲逸

劳作成了永恒的向往

走过了山高水长

你的剪影依旧明眸闪亮

铅华已逝

任他红尘沧桑

时光里的你拍击翅膀

在壮美的大地上飞他一个锦瑟年芳

立 夏

做个好色之人吧
已霸占刚刚逝去的春华
又采撷了
一朵朵飘忽的
杨花

细雨常常亲近幽幽的青瓦
我亦钟情于她
伸手想去捉住
嗔怨的水珠儿却打湿了
我的下巴

斜风舒展着碧绿的长发
听说从早到晚追求庄稼
红的榴花　青的油菜　黄的枇杷
敢问
这是你的嫁妆吗

暖阳晓月　巢燕飞鸭
翠荫蔽日　塘涌汀葭
这小女子是何等之风雅
满足了我一切有关美的
想象啊

需得赶紧把心意表达
这是一个爱的童话
对了　你可能还不认识她
我看上的人　闺名唤作
立夏

非你不可

遇到你
我的世界大雨滂沱

流淌成时间的河
已泛滥成祸

爱不得忘不舍　非你不可
只恨缘起三生因果

明明失魂落魄
也愿佯装成风　把你轻轻拂过

母 爱

岁月　心酸
无法把时针倒转
曾经牵着那双柔软的手
稚嫩的一声叫喊
早已沉寂成斑驳的相片
如露如幻

春风　满天
母爱把我幼小的心吹暖
可是落雨之前
纸鸢飞向了遥远
我握着思念的绳线
再也找不到有风时的笑脸

夜色　阑珊
母亲曾说自己已垂垂暮年
我知道再也无法弥补
白发如雪
圆月已变弯
遗憾啃噬着午夜的呢喃

家乡　感叹
剥开记忆中遗留的时段
躺在乳香里

那幸福的眷恋
却不知香气弥散
只见一双汩汩流淌的清泉

明天　很远
依然要独行启程扬帆
少了母亲的陪伴
哪里是我驻留的彼岸
浩渺无垠的宇宙
她化作了遥望我的云天

诗篇　羁绊
用笔写下思念的残片
写下我所有的呼唤
描述时间如此匆忙
我泪流满面
就像今晚　想你在我湿透的枕畔

赠别离

刚刚倾心却赠别离
一场空欣喜
从此各东西
这一别　再无相见欢
这一别　再无君消息
浮生若孤燕
独自啄春泥

我的落花懂你的去留无意
天高桥影望虹低
念去去竟是十年的缺席
你不会来找我
我也找不见你
迹与孤云并
身将一梦齐

雨落前庭
湿了裙衣
是谁把心池吹乱
是谁让相思成疾
绿柳枝头只闻鸟空啼
病里不知春已晚
只道又是一年　绿暗红稀

你 的 错

你的错
就是倾城倾国
你的身姿窈窕婀娜
你的卓然气质
让我心生爱慕
成为奋不顾身的诱惑

你的错
让回忆始终醒着
让时间更加寂寞
让我懂得
什么是相思成灾
痛到没了知觉

你的错
让梦里的花一地零落
让云朵学会了
泪眼婆娑
让我曾经勇敢的心
瞬间变得无比怯懦

你的错
让我被等待全然吞没
又勾起了失望和茫然

偷藏了苦涩

心门从此关闭

再也没有第二把钥匙可以解锁

独自和日子寒暄

怜惜这散落的花瓣
不知怎样去埋葬一地的幽怨

细数你给过我的诺言
最后懂得了原本没有一成不变

梦里与你策马扬鞭
天亮了　才知道那是虚构的画面

往事已留在昨天的昨天
饮下碾碎后的悲伤　尽管难以下咽

独自和日子寒暄
有你的记忆从此我便视它不见

错 过

错过了青梅竹马
错过了豆蔻年少
我还在漫无目的地寻找
找回了许多个旋涡和料峭

已被如梭岁月颠倒
我的对面还坐着
虚无和缥缈
喋喋不休地在探讨　什么是没完没了

我知道
你也在接受夜风的侵扰
几回回路过你的心桥
却不忍心问候你是否安好

无须多问
究竟怎样在晓风残月中
破涕为笑
到底是不是独自一个人慢慢变老

玫 瑰

这位官人
你说是我让你如尘埃般卑微
失落的告白没有结尾
你的温情
因我而支离破碎
被遗落在夜的漆黑

可是官人
我只是一朵玫瑰
我可以把你的情话转达
而你的一往情深
你的相思眼泪
却永远无法潜入她的心扉

我的官人
我只是你一厢情愿
赠出的玫瑰
今晚
我看到她钟情的人在敬酒
她含情脉脉　也举起了杯

我说官人
你大可不必如此颓废
其实

不知有多少个我

盛开出千万狼狈

在期望中等待枯萎　最后变成了心如死灰

芦苇·盘锦

舒展的绿
朦胧了湿地的春光
斑驳的黄
阅尽了刀镰的沧桑
就像一顶顶篷帐
迎着
风的清扬
用动情的眸子把岁月凝望

城市的年轮里
镌刻着我的思想
一环向往
一环倔强
一环坚韧
一环成长
少了万家的灯火
多了流水的对唱

在我的身旁
游人如织
十指相扣共赏芦香
在我的身旁
水鸟惊飞
激起波纹圈圈微漾

在我的身旁
辛勤劳作
生命的年轮虽短却又亘古绵长

一场又一场春夏的蓬勃
一次又一次秋冬的跌宕
年轮里
苇工足迹踩下的伤痕
天地的雨露复来滋养
一茬又一茬
明媚的新生饱含深情
酝酿在盘锦的年轮之上

单相思的罪

自从那一眼
我就忘了我是谁
从此　为你写真心无悔
写等待成灾
写一朵玫瑰的枯萎
写晚风把夜梦摇碎

从此
你成了我的圆缺盈亏
我成了你的三千珠泪
盈盈夺眶的日子
怕被人嘲笑
总说是迷了尘灰

怎奈柔情似水
终抵不过花谢花飞
有你的岁月
不该动的心如此疲累
驱不走的愁眉
给了魔鬼啃食自己的机会

遇见你
从怦怦心跳到万般狼狈
从相视而笑到无言以对

生活的荒漠
恣意倾颓
最终　我选择种植了低到尘埃里的卑微

说过的情话无法收回
像弯月走进夜的漆黑
没有结尾的结尾
单相思的罪
就是我仍在午夜里徘徊
你　却早已酣然入睡

灯 笼 花

老家很大
望不见尽头的思乡路
常常把我累垮
只有在夜晚
我抱着枕头
才可以很快地回家

老家很小
挖一抔旧土
长出好多怀念的新芽
有河塘有沟坝
有榆钱有篱笆
还有游子浓浓的乡情土话

老家很纯
连同岁月和爱情一并栽下
童年的车马
闯入了沧桑世界
现在才懂
你是最最干净无瑕

老家很美
就像奶奶窗台上的灯笼花
每当风起云涌　夜思芳华

想念
就像生出的花苞
在我的世界里茂盛悬挂

来生只想做一条路

来生只想做一条路
桃花掩映
霏雨轻抚
细听星月故事　长饮叶梢滴露
偶尔收到一封情书
不知是来自天边的纸鸢
还是那朵白色蘑菇

来生只想做一条路
简简单单
收放自如
尽情在草原里纵横
勇敢在山巅上起伏
把思想藏进深土
收复寥落的荒芜

来生只想做一条路
可以高速疾驰
可以林荫漫步
听说角落里的蜘蛛
积极地把一切网住
那我应该学习它
在有你的日子　快乐加速

一只小蝌蚪

小时候　我在春水里游哇游
稚嫩的尾巴摇摆出
快乐的所有

捉迷藏我最为拿手
涟漪圈圈　那是鱼儿在唠喋
喘着大气找我好久

晚风啊　扬起岸边的垂柳
轻抚我的额头
羡慕我没有长大的烦忧

我也曾是一只小蝌蚪
有着成群结队的好朋友
后来当我有资格可以岸上行走
才发现　童年
其实就在家门口

折磨人的思念

星河有多远
落寞就有多遗憾
见你时　眼中的星辰
有多灿烂
心海的波涛
就有多慌乱

我不喜欢童话
但童话里有我的心愿
我喜欢诺言
是因为它可以把梦实现
所以
固执地等一个我想要的答案

不为别的
只为能见上你一面
虽然我知道　可能不会有重逢
等待的阴雨
模糊了
有你的迷人曲线

日子就在那里
只增不减
无论有没有太阳

你的影子总是晃在我前面
折磨人的思念
真真比长夜还漫漫

已到中年

日子好像没有标点
怎么也读不完
就这样
一页一页
翻到了
不惑之年

曾路过桥绕过山
蹚过河撑过船
数不尽的风景
穿过指尖
化作名叫往事的云烟
浓缩成一纸潸然

人到中年
才子佳人败给月缺花残
金戈铁马被迫解甲归田
错过的一切
最终成为
无奈扉页的发端

中年这本书
无法往回翻
在生活的泥潭里挣扎

才能把世事看穿
这时才懂
任何章节迟早都会落寂成铅

已到中年　酸甜苦辣尽皆尝遍
未解的谜题已不重要
管它是何答案
接下来要做的是
每个柴米油盐的日子
用平静把它写成长篇

端午情思

借一江微漾的碧波
写一段怀想的诗行
在木兰的坠露与秋菊的落英里
将千年的轻愁
于思念你的五月
制成青酿

菰叶的苍茫
菖蒲的坚强
承载着你的理想
看尽山河千转
百舸争流
依旧酸涩地生长

《离骚》中的你
好似月亮
《九章》里的你
可比太阳
可是　太阳月亮远在四海八荒
任何人都够它不上

所以
当沧浪荡涤了过往
当求索成全着墨香

至今也没有谁
可以飞越
你　心海的翅膀

我想
在汨罗江里种下银河
在银河里撒网
心篱的光
点点闪耀
三千楚辞伴我情长

长风浩荡
锦赋几筐
寻你的心　住在汪洋
路漫漫其修远兮
多少轻吟浅唱
从此　悠长了我的梦乡

亏欠的心

自从父亲步入耳顺
我就深切懂得
岁月真是不饶人
无论怎样东躲西藏
迟早会误撞那扇地狱之门

当父亲病倒的一刹那
无助　就像是豁出去的裸奔
跌进谷底
五味杂陈
在病床惊醒的时分

可能每个人都有过这么一瞬
一而再再而三地确认
不停地啰里啰唆
绝望之感疯狂地生长
犹如三月的妊娠

我心目中铜墙铁壁的父亲
瞬间需要我为他遮挡烟尘
面对着
瘫软的身躯　疏懈的肌肉
必须敬畏那个不分昼夜工作的死神

现代诗 | 恰逢花开
杨建雄诗选

一沓一沓　一分一分
母亲哆哆嗦嗦把她半生积累
交给我时掌心潮润
眼神里
隐藏着希望的余温

我奢望
再有四十年光阴
我想把安康给我的父亲
不要让亏欠
啃噬我焦躁的愁心

我奢望
再与父亲秉烛夜谈
我想把陪伴给我的父亲
要让下一次聊天
他听到我说"老爸我爱你"的声音

我奢望
再回到儿时的纯真
找到那个握笔教我画画的人
画里面啊　有万象乾坤
可以装下我对父亲全部的爱　灿若星辰

当夜雨停落

独自蜷缩
听雨敲打眉心的锁
月亮同我一样无眠
收敛了颜色
躲进湿漉漉的
被窝

都说
生活堪比汹涌的涛波
任凭你怎样做
都在旋涡里挣扎无处可躲
心底的痛
和雨一起彻夜胶着

时间
左不过一场接一场慌乱
又嵌上了无奈的色泽
剩下夜雨
把失了魂的魄
一遍又一遍触摸

我和你一样
老槐树下时光蹉跎
无论是否有人曾经陪伴

最后总是在雨夜
独自一人
走过

并非无力诉说
这　　就是生活
如果　　你不想在红尘深处慢慢沉默
那就施展浑身解数奋力拼搏
当夜雨停落
自会有满天繁星　　只向你一人闪烁

盛夏之夜

一轮月亮
在盛夏的湖泊里摇漾
饱满又深情
凝望
那刚刚逝去的
半载时光

熏风拂过山高水长
岁月
在我身下缓缓流淌
我的梦
在你皎洁的晚上
会不会生出一对飞越星河的翅膀

透过那扇幽窗
流年的眼神
恍如星芒
将我的心海搅乱
夜晚的风无法伪装
燥热之下　也会有一缕清凉

你的期许
像月光
斑驳在我的心上

我和盛夏一样
即使在磨平了的光阴里
也要独自悄然地绽放

昨天今天和明天

一直在黑夜与白昼之间
紧追慢赶
一直在柴米和油盐里面
把岁月煮成炊烟
昨日已然渐行渐远
今日又将溜过指尖
明天
还不知是何答案

刚刚奋力挽留昨天
是不想让遗憾弥漫
然而日子就像快闪
今天转瞬就变成了昨天
晨曦中整装待发
一个不小心
残阳就再次跌进了夕山

时间的河畔　曲曲弯弯
数不尽充满伤痕的沟坎
道不清通向哪个彼岸
白驹过隙
星河斗转
所有遇见最终都化为了擦肩
昨天的脚印

正被今天陆陆续续地填满

时间
如梦如露　亦如幻
迷失了童年
亦将尘缘搁浅
如今背负思念与伤感
纵是吹散的云　心有不甘
明日天空依旧蔚蓝

若抓不住时间　便会被时间消遣
昨天今天和明天
说慢不慢　说短不短
听说　今年的雪可能会提前
或许是我的梦
徘徊在昨天的昨天
不知你是在今天翘首以盼
还是独自一人在明天走远

我的思念

当霏雨盈伞
我就会想起
你为我撑起的袅袅江南
思念
就是我颦蹙的
一抹眉弯

当笔墨已淡
我就会想起
你为我曾经写下的诗篇
思念
就是纸笺干涸的字迹
沉默寡言

当岁月流转
我就会想起
与你美丽的那场初见
思念
就是我的心停泊在夜晚
孤独缱绻

当往事如烟
我就会想起
多少爱恨全部飞散

思念
就像是流年的风
从不会停留在某个时段

你是我今生在等的人

金山寺的雨
打湿了往来的流云
还有那
虔心参拜的人群
断桥下的波纹
漾出了
三生三世的相思
已不知历了几轮

雨落黄昏
在撑起青伞的那一瞬
便乱了
昨日的俗尘
断桥上的认真
推开了
公子虚掩的
心门

刚刚风和日丽
刹那火热水深
雷峰塔下
扰扰纷纷
一场前世的风雨
便是

缥缈的妄论
今生彻骨的销魂

誊抄经文时常烦闷
也或许　这人间的情爱
令人心羡如焚
不管何人乱点迷津
来　或不来
你都是我今生在等的人
哦　不
你这个勾人魂魄的妖神

错

三生石上悬着的那根红线
一端不是你
另一端亦不是我
所以连祈祷都显得如此苍白
只因那痴怨原本就是错
正如
盛夏难求三千落雪

夜空中烟花闪烁
荡开了
你那对浅浅的酒窝
随即便是一发而不可收的意乱迷惑
纵然万劫不复
我也愿飞蛾扑火
哪怕会悄无声息地陨落

总想问一个为什么
却在无意间把泛滥成灾写入笔墨
然而依旧不知
爱上你
究竟是对还是错
长久的消磨
到底如何才能挣脱

或许是月亮惹的祸
也可能是我追求不到的结果
爱上你
好似犯了一个错
平淡无奇的日子
触发了思念的导火索
任凭流年从指尖一瞬划过

无处安放的心
藏在午夜梦回的某个角落
有你的十字路口
枷锁一般难以抉择
几番辗转　几番斟酌
内心依旧
茫然不知所措

一丈红

无论你看我怎样
我向来都是那样
以平凡的姿势
迎接风雨
和每一天的朝阳

成长的梦里
有世俗的乜斜
也有等待的忧伤
我像云霞一样旖旎盛装
拥抱希望

任凭盛夏何等滚烫
也不管是否有人在意我的绽放
寂寞的墙角
总会有那一丛丛
诉说着生生不息的顽强

你问我为何如此努力生长
一朵一朵迎风而上
那是因为
我想站在高处
看看远方到底有什么不一样

你的眼神

你浪漫又纯真
你可爱又坚忍
经过一千次思忖
暗恋就像那
月色撩拨暧昧的幽芬

你抿着芳唇
以桃花曼舞的姿态　凝神
每一次交会
心都在忐忑
不由得忘我沉沦

黄昏很深
收了一片火烧红的云
万千世界随落日褪尽
只剩那颗
想你的星辰

期盼多为苦吟
孤独中略带仆仆风尘
我无法奢望百分百的爱恋
只愿为你奉上
一颗纯粹的真心

迷失在你的眼神

漫无目的　索性写写诗文

空洞乏味的句子

在为数不多的光阴

依旧在等　你这万阕的一缕诗魂

一 转 眼

多少个过尽千帆
当脚印踏碎了流年
当岁月丰盈了遇见
一转眼
所有的俯仰
都化为一轮月圆

日历一页一页翻转
春季的落花
夏日的鸣蝉
一转眼
瓜地的少年
腼腆成了金色的秋天

有你名字的书签
是我落寞的怀念
不忍擦去那张熟悉的脸
一转眼
淡淡的初恋
遗忘成为往事无言

世俗的平淡和悲酸
搅动了心灵的河湾
数不清的迷乱

一转眼
往事的风
吹散了我的离合无缘

心头的枝叶伸向天边
嵌满通往有你的梦想和遥远
浮生如梦又如烟
一转眼
诸多的遗憾
没过断井颓垣　又成片片野草连天

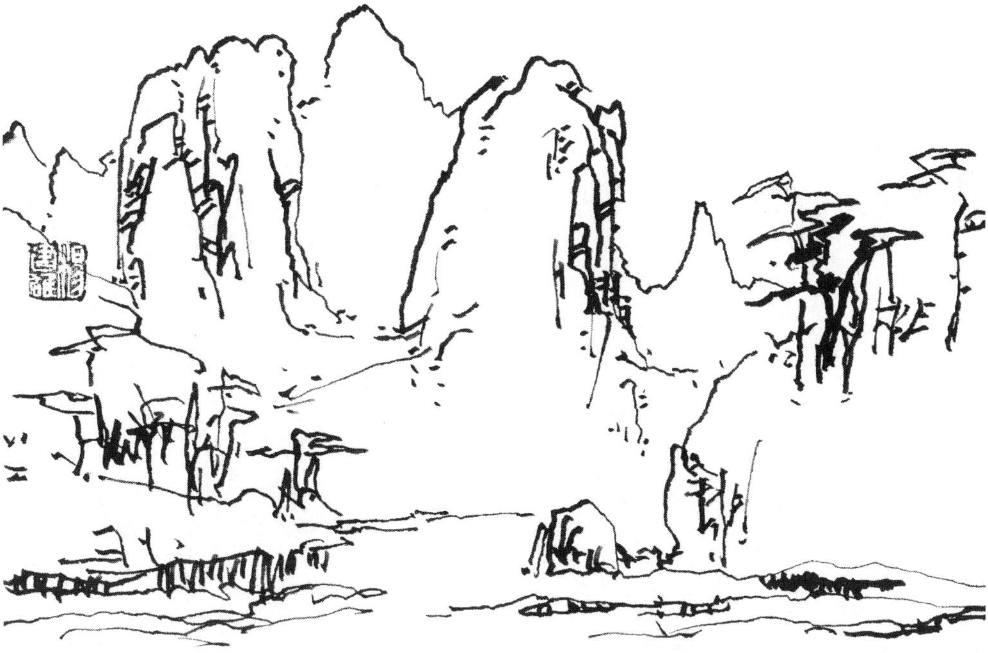

我愿做八月的白云一朵

我愿做八月的白云一朵
你见我时　盛夏已逝
蔚蓝的天像你的眼睛
无比清澈
在那里做个自在的我

没了热浪灼灼
少了暖阳魅惑
岁月转角处总会有风拂过
每一次星月山海的离别
我都会有泪滴涌落

淡然的生活
宁静如昨
我不愿把想你的话说破
只想远看北雁吟哦
遥望念去去的千里烟波

我的生命
就像这天边往来的独行客
才经历流年蹉跎无人诉说
当一匹白马跑过
我又开始了一场新的漂泊

我是风多好

我与你
总是隔着云霓
即使嗒嗒的马蹄
也追赶不上
你的遥不可及

渴望着你
却没勇气
当流年踩出我忐忑的足迹
哀怨着
脚印再也不那么熟悉

是什么让时光悲戚
是什么让情深不息
可能是
三分美好的回忆
七分未知的迷离

往事还有没有归期
孤独复又犹疑
铺天盖地
落寞的日子
风与我都没有丝毫的关系

如果想念可以堆积
早就高过山与海的距离
近在咫尺
我的等待
左不过又是一句无奈的叹息

明知太阳月亮不会有交集
哪怕在镜花般的梦里
我想　我是风该多好
拂过你的身体
从此长情　便可不再拘泥

在 诗 外

秋夜秋雨代言别离的惆怅
雨花雨雾模糊等待的幻想

晚风拂过灯火阑珊的雨巷
吹散有你有我的月皓星朗

往事像残荷听雨般的迷惘
心中依旧曾经的莺飞草长

一纸诗文权作夜雨的欣赏
相思如水早已在诗外流淌

竹

幽苔里萧萧
纱窗下招招
一袭绿衣
将千百年的骚客文人垂钓

婷婷袅袅
凭栏处望雨飘飘
湘娥有黛
多少闲愁在眉间心上萦绕

凉生露气
惊却江水寒涛了
拨弄晚风
奏他一个旷古深悠之曲调

月林摇清影
走壁悬崖抱节高
扶疏有态
守一颗虚心独来凌碧霄

妙笔丹青写傲世
诗词歌赋唤孤高
懂我者谁
好一个难得糊涂的郑燮郑板桥

秋

四野寻风
天际辞鸿
又一个水木流年
转瞬成了空
我要用多情的文字
留住
你游弋的仙踪

枝头的果实禁不起季节的逗弄
即将上演
一场五彩斑斓的汹涌
酱紫
橘黄
还有
抹抹羞红

八月的雨
九月的风
凉意　如此这般正浓
有过夏季的失落
多想
在你的怀里
永远消融

你会不会拿起岁月的剪刀
为我裁出温柔或者朦胧
在山冈
在田野
在一盘朗月中
为了与共
不再词穷

湛蓝的天空
暗藏着心动
你是云袂飘飘的多情种
你的飒爽
让呼吸变得沉重
面对你
谁还能保持那么从容

寻 找

桃花
寻找着春天
因为它想灼灼盛艳

细雨
寻找着屋檐
因为它想水滴石穿

月亮
寻找着残阳落山
因为它想把黑夜驱散

生活
寻找着沉淀
因为它明白何谓随遇而安

尘心
寻找着释然
因为它需要快乐和简单

浓酒
寻找着遗憾
因为它想把相思点燃

诗句
寻找着笔尖
因为它的想念都沉浸在字里行间

一种煎熬

泛黄的流年
穿过指尖
沉默在
四季的窗前

曾经有一次遇见
欢喜堆积
忧伤席卷
慌乱了彼此的昨天

从此　一种熬煎
于无声处
落在了
心与眉弯之间

最 希 望

雨丝把想念写好
装在云里
四处漂泊
最希望
八月的天阴是每一秒

我喜欢雨
所以幻想雨中把你寻找
假若你还没有来
最希望
它下个没完没了

可否见见你　我小声说道
知公子素日有些孤傲
我就在雨里等
最希望
这小诗对你算不上是打扰

虽然你不一定看到

时光寡淡
不轻易向谁示好
当你我轻轻转身
它才爱上
刚绾结的鬓角

很想约你喝杯奶茶
尝尝又一个寒来暑往的味道
停下匆匆的步履
看湛蓝的天
飞过一只小鸟

今年的雪可能十一月就到
希望下雪的时候
雪花沾满你长长的睫毛
一起听落雪的声音
不愿有任何人打扰

我很想把上面的话
以诗的方式说给你知道
虽然你不一定看到
没关系
权当我自己新的祈祷　也挺好

你从哪里来
——写给红海滩

你从哪里来
可是从烟雨的江南
是江南的十里桃花开满
在这里氤氲婉转
来一场胭脂迷眩

你从哪里来
可是从辽阔的草原
是弯弓射雕的成吉思汗
饮了醇香的奶酒
醉成酡红的笑颜

你从哪里来
可是从薛涛心底的柔软
是那朦胧缱绻的相思
一张粉红的书笺
如此的深情款款

你从哪里来
可是相约骑竹马的少年
眠进青涩的蜜恋
这世上所有的美好
都是一段害羞的遇见

喜 欢

喜欢手磨咖啡的香
喜欢秋天盈衍的黄
喜欢春日纤雨
喜欢它打湿我的长发和衣裳

喜欢一个人独自思量
喜欢把每个曾经仔细端详
喜欢冷烟和晓月
喜欢疏影横在我的轩窗

太多太多的喜欢　其实都非我心所向
自打你路过操场
我的脸颊
便羞成四月的一枝海棠

此刻的你是否如我一样

夜色如水
漂浮着点点星辰
一轮月亮
不断向屋子里延伸
已看不清他和她湖畔漫步的脚印
但能猜到互相依偎着
欢喜得颇深
就连晚风路过的树叶
都发出沙沙的羡慕之音

我嫉妒又有些恨
独自趴在窗台上
望着月亮那姣好的幽芬
思忖
突然想知道
此刻的你是否如我一样
咫尺天涯
无法相近
只好选择呆呆地一个人出神

漂泊的心

约一只月亮
把它请到我的小巷
小巷里很黑
每当流年的风拂过
孤独便无所依傍
幸好
月亮也是形单影只
我漂泊的心
可以与它两两相望

我现在才愿意对你讲

入夜的街灯暖不了月的凉
第一片树叶又开始泛黄
寒来暑往
当泛黄的树叶躺在雨后的屋檐上
才发现这个秋天
略微有些慌张

背对着故乡已走出山高水远
总试图用流年把安稳和驰念收藏
却又不舍轻狂
到底是经不起岁月的伤
内心那一点点渴望
带着余温也带着微凉

有些事有些人还是选择性相忘
就像秋天忘记春花
月亮忘记太阳
这样也好
让不再年轻的世界
看起来不至于那么荒唐

用青碗装满米饭
用白碗盛上蛋汤
兀自发现

真心爱上平静与淡泊的模样
只是　历经了波澜壮阔
我现在才愿意对你讲

许在来生

大海多汹涌
孤独的潮水由远及近
被尘俗的浪花簇拥
好想说的话
忘不了的痛
无法释怀的过往
拍打惆怅的礁石退成凄戚的踪

传说中的夏虫
见过垂柳绿
尝过石榴红
未经秋凉就无法想象严寒的冬
又怎能懂
海有多深天有多远
盈盈欲泪的岁月到底有多匆匆

知我者谓我心痛
不知者问我何从
很是渴望
有那么一个人
主动向我的心靠拢
哀伤我的哀伤欢喜我的欢喜
不介意这杯茉莉茶的淡与浓

尘世的飞烟
终究写不出索要的懂
或许等不到你的姗姗来迟
就已落花成了冢
如果是这样　那就许在来生
你可苍穹如碧
微茫尽处　准我做那只振翅高飞的鸿

恕我不能再等

季节凋零了门前的风景
你却停留在暮春
依然没睡醒
我想着要赶赴明天的黎明
便不顾一切
踩着入夜微寒的星星
不好意思
此一去恕我不能再等
我们错过的不仅是这个夏天
还有
第一片落叶　飘下时的心情

写给陶渊明

这尘俗烦躁且浮夸
遗落了孤标傲世的菊花
只他采摘东篱
幽情一片
孑然涂鸦

我写了两行粉红色的牵挂
隔着千年的雨
不知寄去哪
原来世间所有的美好
都遥遥不可达

恰给我遇见

自从遇见我
你想的就很多很多
该说的话
始终没有来得及说
想要表达的意思
却总是担心
不小心说过了火

自从遇见你
我就想为你写首诗歌
饱受的折磨
无法摆脱
从未有人唱和
瓦等清霜
谁懂一次次怅然的失落

蹚过同一条水波
难寻一样的漩涡
祈求季节的风
从你我的心海里穿过
穿过茅屋小桥
穿过牛羊鸭鹅
让时间换来你我想要的结果

岁月的尽头
黄昏　弯月　昙花一朵
原来都是人海里匆匆的那一个
而此时
你恰给我遇见
混浊的目光
瞬息变得好清澈

开向你的时光列车

今儿的雨
下得忧戚怅然
淅淅沥沥
流淌到我多思的窗前

我想昨天
所有的脚印已渐行渐远
于无声处的时间
平平淡淡也是经典

我想远方
还有未归的灯盏
仿佛看到渔翁坐在渔婆左边
收拢一网的提心吊胆

我想今晚
文字帮你洗去疲惫的容颜
不必再纠结
未完的故事到底还有没有转折点

我想明天
雨滴或许可以化作思念
开向你的时光列车
装上我唯一的愿望　路程能尽量缩短

祖国　我与你紧密相连

霓虹的炫艳

可遥见枕戈待旦的烽烟

不屈的涅槃

重新铺就眼前的道路山川

多少深情的诗句

找寻你生命的发源

多少坚毅的面孔

为了此刻的肃穆与庄严

你是华枝春满

你是烟火人间

你是游子思念

你是绝代诗篇

我的两眼噙着泪水

你的笑容却是星河满天

我知道

这个世界依旧有太多遗憾

唯一一点

在我有限的生命里

我对你奉出了我全部的喜欢

所有的安宁幸福

所有的勤劳勇敢

都与你

紧密相连　息息相关

我 发 现

我发现
衰老像凄美的落花瓣
带着些许遗憾
向母亲蔓延
刚刚拂落一朵
转瞬
又沾满衣畔

我发现
每当出门去
梳洗打扮是母亲的旧习惯
只是经年的风霜
镜子里早已落雪一片
时间
偷走了如花面　可她还是很好看

我发现
皱纹在母亲额前再度扩展
才知道季节忽又偷换
留不住时光
只剩低声的怨叹
怨给予她的太少
叹往昔无法重现

我发现
任何文字都不能喂饱母恋
即使揉碎了情感
亦无法下咽
我只好把陪伴付诸她的每一天
大到清晨黄昏　小到一餐一饭

我无奈地告诉你

打心里很想你
算来已许久没有你的消息
出门望了望　天好像就要下雨
诗一般的云说　这是相思郁积
集莫名于一身的苔藓还睡在公园里的躺椅
谁知道爱的结局竟是场俱寂
能电闪雷鸣　能碧空如洗
支离加上逃避
持守着回忆　认不清哪个才是真的自己
我无奈地告诉你　所有相思不过一首看不懂的藏头诗而已

佯装地说

羡慕春天
有一抹绿色围绕她在田野里奔跑着
嫉妒夏天
有一个太阳忠贞且爱得如此之热烈
佩服秋天
可以勇敢地向树叶辞别
惊讶冬天
尽情埋葬自己所不喜欢的一切
他们都自由自在
自己为自己写诗再谱成歌

偌大天地间
有这样一个我
卑微又胆小
孤独又落寞
好不容易鼓足了勇气
小心地走进了你的世界
看见你投来清澈的目光
顿时忐忑
只好佯装地说
我　是从这儿路过

往后余生

人潮拥挤
走着走着就散
之后
还会再有一张张陌生的面孔出现
走走停停之间
终于懂得
所有的遇见
都带着遗憾
让人心生庆幸的是
比起相对无言
彼此曾经多看的那温情一眼
让往后余生
梦都有了些许惊艳

也不知到底是谁

站在我这首诗的门口
你的心情可能随着里面的文字游走
昨儿花开满园
今儿大雨湿透

请原谅我下笔的无心
皆是因为
诗里的流水可解烦忧
花落一片　风吹满楼

然而　再细腻的笔触
也道不尽人生的喜怒和哀愁
说不完日复一日的柴米与盐油
分不清哪个在前　哪个在后

不信你看
明明是两个人　孤独却一发而不可收
烦恼想驱赶却怎么也赶不走
太阳落山了　竟然尾随到你的梦里头

休怪我喋喋不休
每一颗不甘的心都伴随一杯无聊的酒
除了流年的些许过错
也不知到底是谁　难辞其咎

胡思乱想

此刻　你是否也会觉得孤单
随便把书乱翻
像月亮那样嗔怪起夜晚
怪万家灯火
只我意兴阑珊

大抵因为
我们都在独自负重前行　已经走出了太远
山山水水
好多熟悉的风景
只能在回忆里重现

是你我在变
还是时间在变
不　变化的
是满头乌丝经霜染
我们彼此老去的心　再泛不出一丝波澜

含苞骨朵最好看
盛放之后就意味着花瓣飞散
就像爱恋终究会变淡
人到中年
不知为何　走着走着就散

多少深情的誓言
都留给了美好的初见
多少汹涌的故事
都败给一句惘然
多少相见恨晚　从来都怪罪着时间

我 愿 你

这个世界光怪陆离
每个人都在炫耀一抹虹霓
当流于表面的虚伪都已经看腻
我知道
你偷偷将眼泪隐藏
独自一人
把焦虑的闸口在夜晚开启
让倾泻的伤痛洗刷着身体

我从另外一个世界前来找你
想要告诉你　别再艰难游弋
前程似锦固然好
但曲终人散
唱的依然是独角戏
所以
在纷扰的人世间
该坚持的一力坚持　该放弃的就要放弃

当十一月的清霜落在发髻
当十二月的雪花碾作尘泥
无论是否擦肩
还是深埋心底
我愿你

彳亍前行的路上
眉眼含笑　找到久违的欢喜
和那个真实的自己

我亦深知你的艰难

生命很短　所剩没多少时间
大半生都在翻山越岭
实际上
长攀无限的峰峦
不如逐流谷底的波澜
没有日月的光焰
黑暗无尽　不如做点亮自己的灯盏
既然下山人潮如海
就别参与拥挤的不堪

浮生的意义不仅在于春夏秋冬
清晨黄昏　午错夜晚
还有那莫名的执着　轮回的思念
共赴一场流水飞烟
无论有无陪伴
最终皆是孤单
我亦深知你的艰难
既然无法避免七分的因果
就希望你余生　再没有等待的不安

想

想收一场花好月圆

人约黄昏的思恋

想变成一只青花茶盏

轻轻触碰你的唇边

想与你每天说晚安

光怪陆离的梦境仅你可见

想化成《长恨歌》里孔雀绿的花冠

七月七日的长生殿

入夜相拥私语　满船星河一片

红尘滚滚　道路山川

想历遍炎凉之后

总会有一个人

温暖地　在我面前出现

今天晚上真的很好

今天晚上真的很好
月亮望着星星
讨论那只已在南方过冬的知了
互相诉说着衷肠
距离虽远　也渴望一个拥抱

今天晚上真的很好
街灯似乎亮得比每天都早
隔着窗子看见牵手的背影
就想起远方的你
我所有快乐　唯一的缺少

今天晚上真的很好
静谧的时光里
翻书寻找那份失落的依靠
思绪在枕边缠绕
我数着自己想你的心跳

今天晚上真的很好
就只有你什么都不知道
抑或可能
你什么都知道
冬天来了
思念像雪花　落在我翘起来的嘴角

这个世界原本就如此这般

昨天的路　很长
曾遇若干个冠冕堂皇
还有少许的剑拔弩张
渐渐地
我们隐藏了原有的锋芒　开始倦响

或许我们都错了
朝霞夕阳　屈指一晃
人生的小路原本就有多个方向
希望的那样
原非实际所想象

荏苒星霜
居诸流淌
让人无法释怀的过往
终究是比生活还多彩的
闪闪梦想

穿上晨曦那件温暖的衣裳
会发现露珠都有七彩阳光
当沉寂的蛹　蜕变成蝴蝶的模样
我们才真正懂得
这个世界原本就如此这般　满目琳琅

我只是记得

自从与你山海一别
懂我的人
再也没遇见过
有的人也喜欢窗前看雨
雨中漫步
但谁也没有问过我
自然　也没有人与我一起雨中走过
脚下泥泞不堪
也无人留意我
我只是记得
你为我撑伞　衬衫是皎皎白色
爱极了你的绅士沉着
谈吐生风　眉目朗阔
从此一路沉沦
再也没能忘却

你能回馈的

我从不怕清晨的寒霜
我从不在碎碎念念中哀叹过往
我从不疑惑来时的路
我从不会无可奈何的彷徨
我从不寻寻望望
我选择
如月儿一般明晃
像鸟儿一样飞翔
我不会逃避
从不管道阻且长
从不问别人眼中我是何模样
我只会
在逆风中急步昂扬
让脚下生出阵阵回响

你可知道
我并没有什么特别
千沟万壑里没有依傍
你可知道
雨透衣裳
火烈胸膛
你可知道
跋涉过夜的黑暗
微笑是多么渴望温暖的太阳

你可知道
生活如果赐予你忧伤
你能回馈的
就是
不要让尘埃落在你的眉间心上

冬天来了

一个人斟饮流年
月光下对风许愿
把孤独盛满夜晚
把等待敬给明天

不是每个清晨都阳光灿烂
不是每朵花儿都姹紫嫣然
岁月的旅程里
崎岖坎坷　泥泞不堪

所有波峰都伴随波谷
所有彩虹都会有风雨铺垫
不管怎样
天亮以前　依旧要独自走出去好远

我不知许下的愿
到底能不能实现
与其一个人在廊下呢喃
不如让所有呐喊都与我相关

冬天来了
雪花将在通往春天的路上开满
等待可以采撷的日子
芬芳就在那巍峨的山巅

谁能为我停步

谁能为我停步
看这场浩瀚春色十里起伏
听风起白雪漫天
晚来围坐　燃起红泥火炉

谁能为我停步
别让我再风餐露宿
盖一间遮风挡雨的小屋
年华已逝　深情款款依然如初

谁能为我停步
昨夜寒凉肯为我添衣驻足
看我吟诗弹琴作画
择万般美好入怀　秋水长天是你一纸情书

谁能为我停步
都道人世繁华却处处凉雾
哪里有那么多义无反顾
只有你能懂我的种种无奈与孤独

谁能为我停步
人海茫茫　只好选择用文字倾诉
可能多年以后我仍旧带着期许
独自赴一场岁月的沉浮

喜欢这个初冬的模样

喜欢这个初冬的模样
一路收集白雪圣洁的微凉
浪漫　尽情冥想

喜欢这个初冬的模样
劲风卷起枯枝落叶把过往悉数埋藏
宠辱　瞬间皆忘

喜欢这个初冬的模样
隐伏了漫山遍野的莺飞草长
新生　低调酝酿

喜欢这个初冬的模样
收到你看似无意的清晨问候
内心　温暖如阳

喜欢这个初冬的模样
把一切美好装入明天的行囊
树挂　多像冰糖

喜欢这个初冬的模样
我把思念轻轻放在一朵雪花之上
想你　化作茫茫

胆 怯

如果没经历过
就永远不会懂得
有一种犹豫无法言说
越想接近
越是胆怯

想在你的眼里
邂逅一缕温柔的心波
捕获些微美妙的细节
所以每日煎熬
挣扎在胡思乱想的旋涡

你的心门不知为什么
一直幽闭着
每每途经
却从未能走进过
或许是我的钥匙开不了你的那把锁

听闻有种飞蛾
它愿舍命扑火
羡慕它的骁勇
和一往无前的执着
可能　这就是所谓的值得

看不到的未来
没缘由的始末
胆怯的原罪
是因为我太在意了
纵使前路坎坷　也从未想过要逃脱

写一封信给你

今夜无眠
提笔写一封信给你
告诉你历经冷暖
所有的不期而遇
皆是起伏我生命的波澜

还要告诉你
那些你不知的我的喜欢
于是　素笺之上
连同想你的文字
一起铺向你熟睡的窗前

不管含蓄内敛
还是开门见山
此时笔下的万般
就像月牙儿
正在慢慢变圆

或许有的寂寞会在等待下生成灿烂
我的文字　最像枫叶
在某个特定时间
可能你还不知道
爱意如火　早已悄悄滚遍层峦

不知你可好睡

壶里的百合酒尚温
桌子上的青灯　不染埃尘
眼看落山的火烧云
告诉我
这又是一个想你的
黄昏

跳跃的烛火
闪烁着你热切的心
遗憾的是
你在我到不了的远方
无法感受我此刻的
缤纷

思念一瞬
紧跟着便是五味杂陈
搅动着心海
莫名其妙
陷入不可名状的
幽深

窗外的月影
把思绪向枕畔延伸
不知你可好睡

昨夜我的一场无眠
惊扰了本在睡梦中的
星辰

梦里还隔一重帘

最恨花飞花谢
飘蓬转
暮景烟光远
问愁予
落尽无人管

韶光如箭
暝色笼寒天
人比疏花还寂寞
遥问将息
又是一年晚

见
蜀道几长安
不见
昏鸦乱
梦里还隔一重帘　栏杆已敲遍

醉酒笙歌
髻鬟散
风姿犹怜
薄衾寒不寒
红蜡泪　谁个低声唤

想你的时候

想你的时候
不是夜深人静
而是漫无目的地游走
穿梭于陌生的人流

想你的时候
不是酩酊大醉
而是一个人煮粥
一个人凭栏无语　对月饮酒

想你的时候
不是草长莺飞
而是北风载满一船的枯黄
落叶荡起了小小扁舟

想你的时候
不是偷偷写下这段文字
而是明知想你了
却依旧像往常　还是不能开口

想你的时候
不是几多怨尤
而是回忆的笔墨
从此一发再不能收

老照片

那些老照片
是阅读回忆的起点
让自己记得也曾年少翩翩
梦想距离明天
好像并不遥远

照片的背面
是一行小字
某年某月某天
镌刻着斑驳的往事
思绪　如潮涌现

当电子版替代了黑白胶片
时光已然忽转
霜雪也悄悄落在发间
忽然发现
所有的喜欢原来都在　很久的从前

醉 酒

今夜
酒喝得头晕目眩
徘徊在你心海没能靠岸
趁着月色
想扯起划向你的船帆
却醉倒在
忧伤的星河一片

我久住茅庐
你的沉鱼落雁
让我
竟忘了黑夜白天
看不见江南水岸　塞外孤烟
相思的街角
星光只为一人开遍

如果注定是场劫难
那么你的出现
其实挺危险
让我从此与烈酒星月常伴
每当夜晚
我便沦陷
最要命的是　手无寸铁还心甘情愿

冬

这个熟悉的冬季悄悄归来
我的世界等你等成了灰白

且看墙角和凌寒的垂爱
虔诚等一朵梅花的初开

冬天在彼时恭候姗姗的飞雪
红泥火炉在今晚已流行开来

我的目之所及

望着人潮拥挤
我的目之所及是有风的夏季
天空微漪
脸颊旁边等碎了的雨滴
眺望小巷尽头那把青伞
虽然
那个不是你

望着人潮拥挤
我的目之所及是有海的夏季
奔涌迷离
潦草的浪花把遗憾卷起
在这场与你波澜壮阔的相遇里
我心
潮落复潮起

他叫许文强

有个优雅霸气的男人
他叫许文强
陪我走过少女时代
又伴我寻找梦里希望去到的地方
常常　幻想
飘雪　纸伞和那条小巷
好想成为夜晚他心中的月亮
此后若许年
多少晨昏悲喜
都有他的白色围巾黑色大氅
就像一场滂沱大雨
惊扰了池塘
不管过去多少时光
心中的涟漪总会随时到访

红尘路窄

幻想　赐我以慷慨
像经幡般很特别的存在
从不问过去
亦不妄将来

无须多语
毋庸表白
双眸如纳木错的秋水
映着你的心海

我爱
爱有你的俗尘
爱炊烟霭霭
爱林芝的桃花　为你而开

我想　我来生所有的期待
都在布达拉宫的墙外
红尘路窄
穿着袈裟的遇见　实在是场无奈

由不得我和你

怀揣淡蓝色的希冀
行走在深深浅浅的尘泥
多少年过去
你的眼里
满含欲言又止的悲喜
陷在
无可奈何的荆棘

钟爱过玫瑰
也曾心荡微漪
最后却把梦想踩在脚下
把孤独埋入了心底
秋风吹过的日子
一片落叶就是一个葬礼
心　比你想象的还要狼藉

向左　漫无目的
向右　经年如一
我的梦啊
一点一点迷离
用杜鹃色写出的诗
徘徊在冬季
等你　等在每一个无奈的朝夕

当冬至的雪落向山脊

时间的山脊把你我分离

流年似水

归于沉寂

这红尘一遭

由不得我和你

只剩一句了无益　还有滑落胸前的你的泪滴

烛　火

我在漆黑的夜里闪烁
不经意间
拨弄了微茫的思索

城市里弥漫着好多个不可言说
没有人在意
我的孤独到底是什么

一次闪烁　一生落寞
这就是我
来尘世一遭躲不开的因果

繁华之后是经久的沉默
若是这样
你可还会当空独舞　彻夜长歌

掉下来的烛泪
或许在抉择
世间哪有那么多的　温酒看落雪

把孤独燃成蓝色的烟火
活他个星河朗阔
无论长辞还是短别　来生我还是我

矛 盾

不喜欢淤泥
却爱上高贵圣洁的莲

不喜欢虚伪
却长年累月戴着假面

不喜欢黑暗
却总在夜深人静里偷安

不喜欢谎言
却日复一日行善意的欺骗

不喜欢平淡
却沉默在围城里心照不宣

不喜欢后悔
却不停地捡拾着一个又一个遗憾

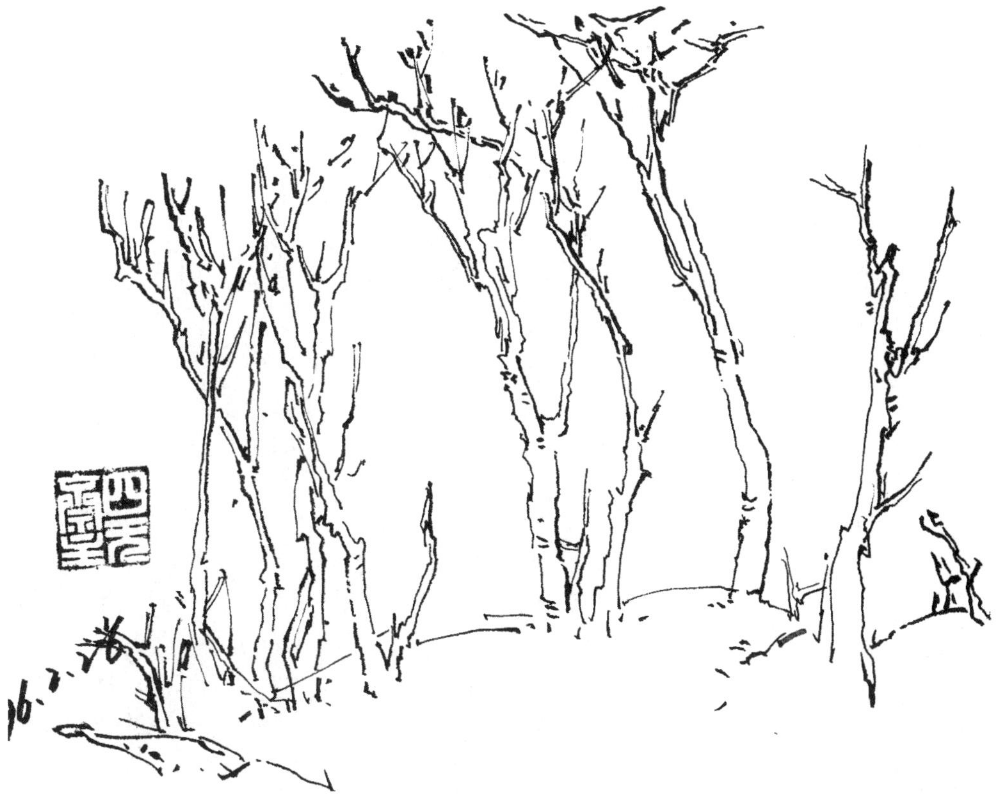

后来有人问我

我像是默默无闻的小路
布满流年的落叶和忧伤的表情
潮湿
阴冷
没有人在意我写出的诗句
也没有人在意我酒后痛哭失声
一个人踟蹰
只有月亮能证明
孤独是梦的眼睛

后来有人问我
过往的过往　曾经的曾经
我说
穿过岁月斑驳的光影
下剩的都是云淡风轻
就算不喜欢黑暗
却一直山止川行
因为我想去看
明天第一颗璀璨的晨星

蜡　梅

许你孤傲苍凉
而我择一隅默成花苞琳琅
许你用白色把世界伪装
我从来都是
微笑着　为你纷纷攘攘

许你寒冷刺骨
我却开成腊月里炙热的春阳
许你踏遍冻川冰洋
我从来都是
相拥着　为你收存渴望

许你婉转迷茫
而我为你把红尘的烦忧暂忘
许你途经剪剪孤影
我从来都是
热烈着　为你深情一往

好想和你说话

依稀记得你的样子
白色毛衣
黑色领夹
自暮春一别
漫长的冬天
已长出了思念的春芽

通往想你的路上
我一直在挣扎
飞舞的六角花
是清愁
是牵挂
是我全部纠结的表达

斟满流年的酒酿
看这场雪
越下越大
我知道
你早已远去
我亦不再芳华

好想和你说话
问一句
你近来还好吗

纷纷扬扬　飘飘洒洒
我的窗前
早落满了欲说还休的雪花

不　愿

我把日记小心收藏
不愿让它晒到盛夏的太阳
因为里面
有我对你的思念
不能让热浪把它灼伤

我把思绪放到梦里
不愿让它点燃我的胸膛
因为梦里
有你在我的身旁
孤独的泪不会肆意流淌

我把往事锁进抽屉
不愿让它把回忆拉长
若是这样
我怕对你的思念
重新打湿我寂寞的衣裳

我把等待写在风筝之上
不愿让日子徘徊成心慌的模样
自从你去了远方
一缕清风
也能让我有了心安的渴望

自从认识你

黄昏时分
那些思念的光影
斑驳在流年的老树上　有些伶仃

连绵的心雨
自从认识你
淅淅沥沥地就开始下个不停

不畏惧没有你的黑暗
糟糕的是
我怕我的天空再也不能放晴

半梦半醒
被雨水冲刷的夜晚
我其实很想念　漫天闪闪的星星

孤 独

通往山下的路

崎岖如初

风雨相阻

时间已是秋暮

流年无法停驻

想去没能去上的山谷

想看没来得及看的花露

中意的公子

还是没有勇气说出倾慕

所有的深情　一个人无从交付

山下　灯火此起彼伏

任它千家连着万户

我涂抹了所有的曾经

不再义无反顾

只选择夜晚　用文字轻轻把尘世描述

躺在思念的月牙上

看你转身的孤独
落寞的背影
写满了欲言又止的隐衷
无数个失眠的夜晚
风儿也没有了入梦的心情

躺在思念的月牙上
摇晃着
回忆起那个有她远去的黎明
好像从那以后
通往天亮的小巷都是一个人独行

尽管你假装熟视无睹
但我依旧能懂
无边的夜幕就是你的眼睛
永远都将闪烁
忧郁的星星

写在小年

眸波微漾着岁月的清愁

轻徊碎步

一不小心就走到了流年的尽头

捻一颗星子

把烟花如雨的夜晚问候

收半岭梅花

将春天的思念酿成一罐清酒

悄悄用诗文把等待

织成怀想的缎绸

只为明春月下的青苔

淡夏西窗的石榴

有你伴我的日子

肆意晨风　妄为停留

深情如水

依旧　依旧

我这一生啊

不合时宜的月亮

钻进这个难过的晚上

墨云层层

让人思量

饮一口孤独的酒酿

我说

我在等雨

等雨浣洗过往

等雨　潮湿夜的眼眶

年华最惧繁霜

当熟悉的一切被时间埋藏

蓦然发现

我早已遗失了前梦

少年勃发的浩荡

遗失了醉雨登州吱吱呀呀的摇橹

遗失了《资治通鉴》有写我的那一篇章

遗失了狂放

还有　没了花期的海棠

可能黄粱

也罢荒唐

我这一生啊

好像到处丢三落四

却偏偏

从未把你有过一丝遗忘

一口老缸

我是院子里的一口老缸
吹着经年的风浪
多想
把心事倾诉给风
可是风的速度太快
我怎么也跟不上

仰望头顶的太阳
向遥远的夜空说梦想
一直都在迷茫
问我为何忧郁
那是因为
我无法长出飞到你身边的翅膀

从没有过如此的无奈
眼里一抹绝望的悲凉
即使你就在身旁
我都无法移动
无法
迈向有你的山冈

你是我内心深处的渴望
我是你途经的沉重过往
不忍直视

你拂过的枝头
掠过的田野
花的海洋永远地蓬勃而上

默默地　你离开了我的目光
海天任去翱翔
而我收藏了对你的彷徨
做回一口老缸
八月的雨季
我心里依旧倒映着想你的月亮

你一定会很快乐

雪化成了溪水
打着漩涡
冬天不告而别
留下了一个叫初春的
茫然不知所措

把二月的残星抖落
迎接三月江南的樱骨朵
不知道
明天的远方
是不是波澜壮阔

东风　软泥　白云飘过
还有淡蓝色的月
仿佛北宋词人的笔墨
坐在时间里
真想轻轻唱首歌

你的眼睛像蓝天
盈盈一塘碧波
迈向缤纷的王国
我知道
春天里　你一定会很快乐

遗 憾

多少人生初见
最后都输给了时间
多少南雁飞过
却只剩悲情的蓝天

多少多情的诗句
都没人能耐心读完
多少次相视擦肩
却没有再去轻声呼唤

多少美丽风景
成了过眼云烟
多少痴心倾慕
终忘了曾经的誓言

多少梦寐以求
还是没能如愿
多少相携相伴
都在人海中渐行渐远

多少闭月羞花
转瞬鬓如霜染
多少红尘变幻
再度回首已是惘然

多少往事不堪
总令人懊悔无限
多少刻骨铭心的思念
都被时光雕刻成永生的遗憾

月　亮

你在夜空高悬
是否看到尘事两三
有团圆
有思念
有漫长的黑夜碾碎了的时间
是否看到我的心情忽明忽暗
留下孤独的灯盏
还有
未写完的诗篇

枕　头

你是
我最爱的一叶扁舟
夜晚
我于舟上
荡起无人知晓的温柔

闻说早梅再开
我就可以
牵起你的左手
在梦里欸乃
看飞雪满天　花谢风流

然而夜凉总是如水
辗转反侧依旧
你一直陪我在梦里孤独地游走
又一起醒来
数遍午夜　那满天的星斗

你是
现实与梦境的码头
只有在醉时
我才能和你轻舒广袖
忘却俗尘的所有烦忧

这一世
谁能入我心首
日复一日的夜晚
思念的微雨
早已从我这头流向你那头

无法来到你床前

今晚的雪片
和我一样沉默寡言
你睡在温暖的床上浑然不觉
它却在窗前
兀自凌乱

兀自凌乱
是窗前的雪片
所有谜题都只能有一个答案
无法来到你床前
就把想念　一片一片数给你看

不会在意的一缕晨风

摇摇摆摆的烛灯
呜呜咽咽的寒冬
落花成冢的无奈
阴晴圆缺的匆匆
庸常的岁月
总有那么一刻想去放纵
用午夜的酒把心结打通
吻青瓷的杯口
慢慢向你靠拢
把静寂当作欢喜
听日子泉水叮咚
不再问月亮你到底懂不懂
不再遇见一朵玫瑰就心动
无所期待
肆意从容
款步　烟尘几许
回望　一碧长空
释然的云朵
终将放下雨的纷冗
重逢
你就是我
不会在意的一缕晨风

我　说

幽怀北地吟
坐叹风雨最关身

湖海旧诗人
一灯书影向西沉

残梦说前春
无奈古往看来今

寂寞瓦屋深
天涯何处可歇心

煎饼馃子

你是一张薄饼卷着土豆丝
也卷满了我往昔的记忆
香葱卷得有情
面肠裹得有意
你更是时光的使者
这座城市生活的标志

日月如流避之不及
你却始终等在原地
日出而起　日落而息
你诉说的不是诗
是我们曾经的步履匆匆
是我们日子淡却了的痕迹

往昔已零落成泥
因为你的存在
让我误以为我还有年轻的气息
虽然半生身不由己
对你却如此迷恋
以至于　歇斯底里

青丝已染晨霜
一个弹指
一把年纪

我要的
是对你执着的守候
与往事勾连的心梯

忽然某一天
你身价陡涨
我不由得一句叹息
怀念　已成今后的独角戏
我对你的山盟海誓
从此刻　被判了无期

围 城

东奔西走的白天
总算把距离拉远
拉回彼此的
是夜晚那个共同的屋檐

曾经的燕语
如今半句都烦
唯一的话题
是柴米油盐和孩子的成绩单

城里的故事
一律千篇
有人独自不堪
有人戴着不值钱的假面

城里的夜晚
黑了又寒
像红楼八十回待续
结局不猜也知　又涩又咸

城里的时间
大都独孤地面对熟悉的脸
最懂你的
却永远不能在枕边

平淡的风激不起狂澜
如丝的雨能淌成深不可测的渊
婚前婚后的人
再也无法回到从前

有风拂过的日子

很少被人提及
也没人会想起
别人有别人的未来可期
百花满园
我只是那朵蒲公英
飘忽不定　平凡至极

忐忑地路过晨阳和春泥
也不知道如何面对雨滴
我的仓皇
我的落寞
一半缱绻在风里
一半无奈着迷离

就是这样普通无奇
踩不出绚烂和深刻的足迹
同赴天涯的路上
你又何必强求我
像他们一样
在春天里香气扑鼻

从不梦远方
我只想要我当下想要的东西
有风拂过的日子

你看　以我察察之身
飞往汶汶之地
即使颠簸　也会生生不息

我的爱情

我的爱情
像一张破网
任由寂寞的风肆意穿膛
最怕出海的日子
邻家鱼虾满舱
我却把孤独挂在桅杆之上
多少年了
大海还以为蓝天　是我心中的向往

书

一行一行
写尽天下攘攘
一字一字
收存铁马冰河的伤

人生起落
偶尔也会慌张
在你的世界里
我笃定地看　乱云飞渡山冈

你是我的四季
窗下的海棠
你是我儿时的旧梦
清欢的时光

你让我把忧愁暂忘
你让我卸下伪装
你让我染尽思念
你让我的雪花可以在春天里绽放

我爱四月的鸟语花香
也爱繁华落尽的秋凉
你不是鲜衣的少年
却让我移不开深爱你的目光

来或不来

你来
我的夏天任你剪裁
房帘半钩卷
荷花十亩开
风儿可以自由自在
看雨打入海

你不来
我的睡姿再也没改
日光太晒
烦透了知了摇摆
西瓜不甜
我的梦啊　一直虚位以待

母 亲

世人摘藻雕章对她进行赞美
最有名的是那句
生我劬劳
寸草春晖
殊不知一位母亲历历尘霜
已三千心碎　成皱纹累累

早年她忧我学业
洗衣　挑水
常常为了早起
和衣而睡
她用唠叨和眼泪
织就了爱的经纬

这些年
我走南闯北
留下她一人走向落日余晖
彼时我在失落的风里摇摇欲坠
有她在　我便不再仓皇
不再惧怕夜的漆黑

齿如含贝　婉转蛾眉
天下的母亲都有着绝世独一之美

而我只知道　她是座温暖坚实的堡垒
却不晓得如何描摹
来做这首诗的结尾

卑　微

我自认　生就不那么圆满
或者太过呆憨
以至于在遇到你的剧情里
躲躲闪闪
既怕毫不相干
又恐把你怠慢
星光黯淡永远多于银河璀璨

沟壑人间
我害怕历经危滩
夜太迷离
我害怕伤痛席卷
你太耀眼
我害怕一厢情愿
害怕雪花都是对冬天的完美敷衍

在黑夜中呢喃
在尘埃里不停地寻找花开的答案
过尽了千帆
说到底
卑微　还不是因为
在人生的转角
你不经意地出现

努力的脚步

想做鸿鹄
后来才发现　自己不过是只燕雀
喜欢四季如春
收获的竟是残花缺月
恨不能行空天马
破浪长波
到头来为经历尚浅犯错买单
来时的路
向右　也可以向左
想想反正早晚与这个世界别过
其实真的没有什么可与不可
想说就说说
看不惯的火就把它熄灭
穹顶之花当折
管他一路坎坷不坎坷
努力的脚步就一定要泰然自若

我这半生

我这半生
磕绊摔跤　困顿潦倒
常遇盐咸粥少
若有避雨的檐角就已是很好

我这半生
见神不肯屈腰
梦鬼也不想跑
未曾穿过那件世俗的裙袄

我这半生
形单影只　绳床瓦灶
孑然有谁知晓
踽踽独行到头来不过了了

我这半生
看似逍遥　实则悲恼
常叹良人难找
无奈最是闲愁不堪其扰

我这半生
气傲孤标　像株杂草
笃定有情饮水也饱
年岁渐深　发现终不过一场虚无缥缈

活成一棵树

也想活成一棵树
管他什么风云江湖神鬼世俗
我想我可以自由自在
与天地吻触
与山海同枯

好想活成一棵树
站成我喜欢的姿势冲云破雾
展两袖长风
纵揽铁骑卷土成路
挥别一切冷雨离疏

多想活成一棵树
任凭严霜酷暑
以暖巢让燕雀安舒
为了等一个姑娘的光顾
我粉身碎骨　成为海边的一座小小木屋

某天遇你

生活荒诞成谜
我向来假装入戏
用花开花谢叹世间一场疏离
用潦草的字迹写这攘攘熙熙
直到某天遇你
瓢泼落雨后的风和
好不艳丽
曾经踩陷的淖泥
竟也如此般尤宜

饮遍人间烈酒

你给过我独一无二的温柔
明亮的眼眸曾掠过我忧郁的心口
从此
我想念的诗行
一发不可再收

清风落满西楼
盛不下我今生的哀愁
饮遍世间烈酒
以痴痴的回忆
让美好在眼前稍做停留

你是否同我一样
莫名的情愫常常涌上眉头
心里的灼烧变得无止无休
每每夜深人静
就连这含泪的文字竟也难释其由

夏已无言

菖蒲的香
浸染了谁的心畔
坠入五月
让忧思蔓延
风也不能把它驱散

一声叹息把汨罗江水挥乱
从此
微漾成了绝弹
凌空而舞的怀想
纵览千年的哀叹

夏已无言
凝眸痴恋
世间果真有一种信仰
转身为之赴死
我亦心甘情愿

宿 命

我在三界外
日日拂拭这明镜台
望女施主叩拜
无一日不来
我不懂何谓深情何谓爱
菩提到底染没染尘埃
只是
忽然间有些明白
明月仰止不可摘
袈裟是我今生因果的存在
随后
一滴无声的泪
滑入璨星浮动的海

写给高考的少年

跋涉十年隆冬
在这个仲夏一腔孤勇
相信很多人担忧你纸笔相戎
也同时预祝你金榜得中
我想的是
每朵花都曾历经盛开的无声
每个黑夜都在努力奔赴黎明
既然带着倔强在青葱的岁月里起舞
我就模仿欧阳修和李太白先生
告诉你
别太在意是否折桂蟾宫
愿你做一个无哗战士
肋生双翼
不愧时光也不惧怕这场风

你在　你不在

你在
我的时节风暖水幽
双燕穿柳
房帘半钩
还有
酿樱为酒　煮半碗甜粥

你不在
凭它壮美山川亦无心出游
雨溅清愁
自向东流
还有
贪杯一口　闲醉了西楼

为何我总独自一人

为何我总独自一人
因为我有颗贪心
不仅仅想要知己
还渴求数十载良辰
而非
春宵一刻值多少千金

为何我总独自一人
因为我想索其真心
想拥有完美的同频共振
还望此生彼此情真
而非
四色聘礼兼生冷的雪花纹银

为何我总独自一人
因为我无有知音
常驻柴米油盐的俗尘
遇不到绝世独立之精神
而非
同床异梦无奈到夕吻黄昏

为何我总独自一人
因为我懂自己的浅深
无所畏惧出身清贫

愿做那寒塘鹤影　冷月花魂
而非
为婚而嫁永关在围城里的人

如此佳时

午错的一碗热风
把槐树上的喜鹊泼醒
沙哑地飞过窗前
稍显迷瞪
日暖池塘　荷花开得正盛
蝉鸣相思　细柳漫遮摇声
左脚刚踩下太阳
炙热便从右脑升腾
扑面而来的熏浪
托起滨海的小城
我开始期待
滴滴点点的细雨
抓痒我的手心
像与你初恋那般蒙蒙
又或者
凉意来袭夜晚
饮尽微红的绿豆汤羹
独望心头的一只月明
如此佳时　最是上乘

最好的借口

想你
就不能只写衣带渐宽
因你而瘦
也不能只写才下眉头
又上心头
要写
自从别后
诗未成一首
要写
明知无法同行
却仍渴望牵手
要写
我的世界
除了你　已是一无所有
要写
璀璨的星斗
等你万年还愿意更久
要写
远处的雷声滚滚云奔雨骤
是我今夜无眠　最好的借口

不喜欢我的你

日子过去了那么多
往事依旧清晰可摹
虽然
花已开了又谢
曾经尝过同一碗羹汤
哼过同一首老歌
那种莫名的欢喜
像虹　有着七彩的颜色

累了一天的太阳
也会在黄昏里沉默
爱上光明的飞蛾
不顾一切扑向了火
圣洁的雪花
终将变成春天里的泡沫
七彩的虹霓
已被那年夏天的风悄悄吹落

铺天盖地的回忆
滂沱了我的笔墨
越想忘记
越是记得
无奈
这场曾经的路过

现代诗

在诗里
我是受了潮的云朵

心事一直都曲曲折折
不喜欢我的你
是最难走出的痴魔
其实不停地写
就是在重蹈覆辙
因为　只记得你曾说
不知谁能永远陪着我
不顾此一去长路颠簸

不是喜欢孤独

我不是喜欢孤独
我是喜欢月冷无声
喜欢昏黄的灯
喜欢并不奢华的夜景
喜欢数一数以前不曾数过的星
听一听全世界的晚风
哪一缕愿为我而停
我不是喜欢孤独
我只是荒废了我的梦
想把一川不可言明的余生
独自耕上一耕

我爱的是

有人可能爱你的风度翩翩

闪亮年少

也可能爱你功成名就

银钱富足　学识得了

这些

都非我之所要

尽尝人间纷扰

青丝与我已然相离背道

付一心灼灼

我不求天荒地老

因为

我爱的是你不动声色的容颜之下

藏有童真的微笑

我爱的是你力撑半世之长篙

依旧满眼情深　那种陈年沧桑的味道

又何必强求

亘古的月亮不变
尽看人潮拥挤
从唐宋回溯商周　绵延落入眼眸
有人独上层楼
有人花开枝头
有人荒谬　有人风流
有人将相王侯　有人诗里哀愁
天地不仁
众生皆为刍狗
世间百载
年年春满
复又落黄成秋
到头来左不过是
一次次的矮檐低首
一丝丝的意蜜情柔
一点点的喜怒哀乐
一场场的蝶化庄周
天机无可泄露
沧海行帆
是去是留
金飞玉走
你我　又何必强求

人间须臾

轻轻关上尘世的喧窗
转身走向迷梦安神的殿堂
开始一段漫长
漫长的而又低沉的咏唱

旷野幽深
稗草在灵魂上疯长
清明淫雨
任由泪珠湿了几度眼眶

后来　我再也没能看见天上的月亮
一个人在这里
写着房间空荡和土壤湿凉
写着内心的不安和无奈的张望

我发现
没历经死亡的活着
是那么浅显寻常
人间须臾　都在这里继续思量

月光碎在了屋顶

听说月光碎在了屋顶
真好
从此我不会感到冷清
因为此刻整个世界都在沉睡
而我独醒
夜半的寂寞
难免冰冷
然而最最庆幸
月光
在距离我最近的地方
我的心里话　有它在听

听 雨

听雨是思念的半诗
是我老去时的欲言又止
是穷极半生无可奈何的偏执
只是
我却不知
有朝一日
我和我的梦境一起
被毫无征兆地淋湿

因为你不懂

庸山碌水　惨淡经营
管得了七分温饱
混赖过三分宿命
到头来
还得继续夜深祈祷
天亮踽行
所有寡淡生活
都隐晦着半生曲折的曾经
如果你喜欢执掌黑夜的星星
那么一定是因为你不懂何谓独等天明

后 来

后来　烟火越发地憔悴
只剩寂寥在午夜倾颓
黑夜的眸子没有眼泪
灿烂之后
皆落入渺渺尘灰

后来　哪怕有夜色掩映
也断然不敢叩响思念的门扉
无法逃离
不仅仅是夜的漆黑
还有回忆肆虐
世事瞬变的盈亏

我的文笔没什么特别

我的文笔没什么特别
总在写
一横一撇
写梅花清瘦
还不是因为缺了场如约雪

我的文笔没什么特别
总在写
稀松平常的三更夜
写静谧如水
思念的遥远和种种不知名的错觉

我的文笔没什么特别
总在写
七情六欲后的九难与十劫
写水中捉月
明知不可得但从未想退却

我的文笔没什么特别
总在写
浩渺烟波爱着山海星河
写平淡生活
波澜不惊下暗藏汹涌　依旧如昨

写

别人腹有诗书

都远志筹谋

我只想深夜挑灯

写世事知否

众生十字街头东奔西走

写各自登舟

江海别后

写时间回流

冲不掉鞋子上无奈的泥垢

至于

那句关乎你的感受

如鲠在喉

在想好之前

还是先不说出口

权且认为是我的笔尖

有些生了锈

你　说

你说
愿为我入诗而歌
我说
愿把你点染成墨

你说我似人间星芒
斑驳你心　起起落落
我说你情目如火
让我孤寂的心生发了炙热

你说我尘俗独有
是蓝色烟火最炫的一朵
我说你风雨兼程
前行的模样从容不迫

人世间的缘分真很难说
打不开的是你眉间的深锁
无法停歇的心雨
一直在滂沱

望舟离别
曾经许过的诺
像是孤独的叶
回旋飞舞着落

时间太久　墨已干涸
回忆无法描摹
不知今秋的枫叶红了没呢
漫山的相思　是不是比往年更热烈

绝 不

听闻你近来常被秋雨和泪水惊醒
辗转反侧
潮湿了夜半
我想说　本就过尽千帆
多少落红的伤情
多少迟暮的碎念
皆是惯往经见
这世间　熙熙攘攘浮沉聚散
本就真假难辨
故而不必常常喟叹
如果　今夜当真无眠
那就为我写首诗吧
句句经典　群芳冠艳
学做一个不落俗套的少年
乘风而起
势在燎原
有野火一般的执着果敢
绝不在春恨秋悲里沦陷

你 以 为

你以为我活得光亮诗酒言欢
你要看我风来雨去衣袜未干
你以为我自由行走阔论高谈
你要看我无可停留愁绪暗翻
如今　看尽山海
泳遍河川
我的一腔孤勇
没有震颤　激不起惊澜
我的风情
正与霜白日夜纠缠
只是　几经墨染
故而你看得不甚明显
所以
对面的你
多梦失眠是心事落入你的枕畔
苍白的诗篇几度让你眼眶微酸
与其沉溺
与其堪羡
与其背水一战何如步步闯关
莫问夜雨何时停落
为今之计
你要找到那朵乌云
拼尽全力把它拧干

伪　装

就像落叶独殇
开始一场逃亡
不知道有没有一个地方
可以收留
我曾经的逞强还有忧伤

时间漫长
又如此地猝不及防
走过的路
我不敢回望
后来知道　有一种脚步叫作彷徨

看不见的远方
雾一般地迷茫
暗结情愫
在白日野蛮生长
在梦里孤独绽放

看着秋扫一地枯黄
多想枝头绿意流淌
无法改变
只能收起汹涌的酸涩
努力活成别人想要的模样

刺痛感

不写哀婉
只会执笔千百遍
慨闲愁飘零
雨收　云未断

不写思念
且看迎风拭泪眼
恨欢景匆匆
酒醒　人去远

不写嗟叹
经见惯往难把盏
怅月落帆空
风过　谁复管

不写愁怨
奈何羸马日忽晚
望华发微霜
世事　车轮转

不写深浅
踏雪乱掩梅花半
问别去经年
知否　刺痛感

我原是憔悴落寞的写诗人

庭院深深
晚风晚
波澜涌上心岸
我原是憔悴落寞的写诗人
自从路过你的眉川
寂寥的字已有十万
都怨新月太弯　海棠也艳
长袖穿风
满襟依黯
责备思念的夜雨
为何总下到有你的屋檐
唉　我深知
世事瞬息万变充斥着遗憾
一番跌宕
远山远
假若有人问起
我只能矢口否认
所有诗里的两两三三
怎么会与你有关
那不过是我
逃出世俗的敷衍
一段成长的不堪

我 和 风

我此来　红尘云起
你一去　山海飞踪

我形色笃定
你步脚匆匆

我把卑微寡淡饮为酒
你把离愁闲绪剪成空

我不惧霜雪放纵
你永葆自在形容

遭际　孤独烟雨之外
余生　同乘快马江东

独　伶

我枯守宿命

前世为浩瀚银河里不闪的孤星

所以

穿风过月　管自独伶

不知满船的星星可都清醒

眠在夜的漫长

我却不能拥有一个合欢花开的梦境

经年累月

尽管艳羡人间烟火

这独孤

曲诗无凭

让我拿什么去寻你

一瞥温情的眼睛

诗写远方

在冬的夜忍受寒凉
心如明月染了轻霜
有你的旧梦被回忆的风吹起
支离破碎没了方向
万物失措
我亦惊惶

陌生的已不陌生
荒唐的更荒唐
早已没了初见的模样
正如街巷里灯的昏黄
无力苍老
淡淡愁伤

飘转的叶儿途经月光
逆风里舞着寸寸迷茫
最后落入了我的手心
不知怎样描摹
踉跄虚妄
往事尘扬

无奈和遗憾已被风干
来时的路　人海熙攘
如今唯愿

用往事的文字把余生拉长

绝望不漾

诗写远方

题旗袍照

望去你舟行渐远

我独自木鱼钟鼓　月落乌啼

掉落的心事

悒悒惶惶

浑然不知疲

一而念你的落墨展纸

再而忆你的白马轻骑

至于把酒对弈

晦雨亭西

玩味你说的每一句话字字如珠玑

只能说

某天在你这里

万没想到我竟一朝折戟

从此后

世间的攘攘熙熙

于我

再没心思提及

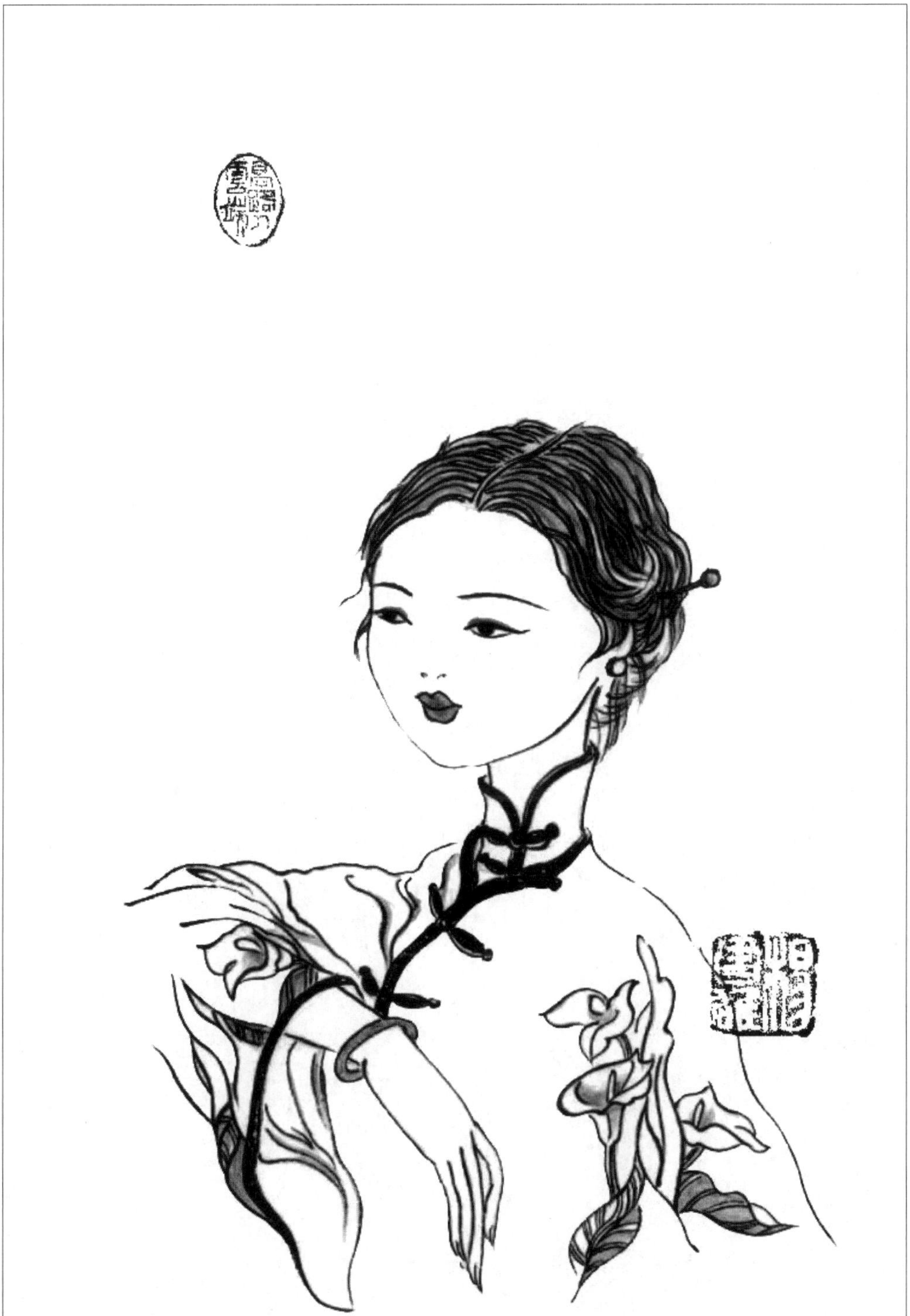

一直在等你

红尘辛苦万般
这一世　我忍受孤独舒卷
日光弥散
最终踏入这茫茫人海
于烟火跳跃之间
痴等一床
春宵软

想必
你很早就已知晓我的坦然
落步缓缓
并非留恋这草莽山川
是我
一直在等你
实不愿　快马加鞭

恰逢花开 杨建雄诗选 / 现代诗

我帮你把酒倒满

你当然可以大醉一个整晚
让人看不清你的心痛
还有敏感
你可以把遗憾丢在酩酊的桌案
把捆缚自己的胆怯
如影随形的纠结
彻彻底底从躯壳里解散
你可以重新播种
让心底的荒原再次繁花满山
你可以邀约见我
叙一叙白天缘何躲闪　伪装成心无波澜
如果这样可以
又何必舍近求远
写什么宋词委婉
猜什么海棠庭院是否寂寥生遍
只一句
先生
且行且看　我先帮你把这酒倒满

自画小像

鹅梨帐晚
醒了谁的忧伤
半局残棋
冷了谁的惆怅
寂寞诗行
碰疼了谁的心上
荼蘼花香
了却了谁的过往

从来潮水都会带着星光
谁知烛火是往事在摇晃

今夜的雪

今夜的雪　妖娆多姿
撩拨我的欲言又止
孤枕之上
都是无从知
想知你此刻是否衣带半解
想知你可会写那宋词唐诗
想知　想痴
我如此般千回百转
你却始终不得而知

今夜的雪　妖娆多姿
飘尽我的无尽相思
泪眼之下
都是有情痴
想痴你回眸时的淡淡一笑
想痴你那偶尔袒露的真实
想痴　想知
我从未这么小心翼翼
你却不懂何谓遗失

原来人世间令人愁怨的
是相见已晚
是一场生不逢时
一把理还乱的三千烦恼丝

我想
我一定等来生
就像今夜的雪
冬已悄逝
你或许选择了姗姗其来迟

我的孤独

我的孤独无人能懂
春潮带雨
飞星传恨
统统难绘难以形容

我的孤独你可会懂
白驹匆匆
寥寥只影
凡所应有都太过平庸

我的孤独谁人能懂
一章月色
半捧凄风
寻觅不到爱巢的归踪

我的孤独只有我懂
无可托寄
思念刺痛
想说的话只能咽下喉咙

我的孤独我也不懂
烛火闪烁
诗作成冢
每逢入夜它就来势汹汹

落款一定是你

从早到晚都活在单调的世界里
吃饭穿衣　上台演戏
前路的崎岖
稀薄的空气
摩肩接踵　非悲即喜
有数不尽的光怪陆离
还有你争我挤

总觉得棋局之外
只有我是个唯一
喜残荷听雨
游山川大地
时而悲天悯人
时而对话春泥
翘首以盼一个懂我的灵魂和躯体

读一世静谧
写来生神迷
别人清醒
我却醉意
行走在自己的十万八千里
如此
是不是太过叛逆

总以为句句叹息就像俗尘的涟漪
延绵无期
终落个虚无和沉寂
所以　我最奢侈的弥留际遇
就是以余生等待的名义
渴望一封爱的信
开头是我　落款一定是你

醉酒之前

杯酒有意
所思应是悲欢离合
看这人世间
所遇
不过一场风与月

谁的往事
被光阴折叠
无有青山俯瞰
不得良人在侧
执拗于眉间一抹二月雪

曾以为
花团锦簇芳菲节
会有蝶飞蹁跹落
怎知
揉碎的叹息　随风道离别

曾以为
凡事不必费周折
怎知
惹却辛酸泪
太过撕心裂

罢了　罢了
最是多情笔尖墨
趁微醺
写尽
酒醒之前的太寂寞

往事收藏

试着把晚意写成诗行
虽不是殊绝的辞章
窗外
星色朗朗
所有张弛的心愿
在笔下平仄抑扬

试着把长夜揉进梦乡
或许能将烦忧暂忘
晚风
不懂春恨
尽收一捧秋凉
诗已悄落微霜

试着把今夜寄给远方
你是否收到这盏明亮
心海
摇摇晃晃
唯一一次专属
是为往事收藏

旧体诗

庄周蝶问

黄庭秋径几丛金，漫度逐芳总有因。
粉染余霜飞远近，香泽好梦笑浅深。
惊回残月如初月，睡去蝶心似我心。
一觉方知身外事，无常富贵锁浮沉。

残 荷

雨过潇潇暗曲塘，烟暝四际笼荷荒。
根枯绿断收娉影，藕断红消掩众芳。
雪露愁侬空有恨，江山老我总无偿。
元知[①]万物皆如此，岂必含悲再觅香。

无 题

两岸隔烟树，足下无行处。
纵有念远心，不见人分付。

---

① 元知：本来就知道。元：原来，本来。

忆故四首

一

犹记沙台①处处沙,孩童捧撒乐开花。
而今挖尽植杨柳,望絮飞飞忆故家。

二

乐看邻哥网小虾,撩衣挽袖也来抓。
鱼兜水漏游蝌蚪,哭喊阿谁使促狭②。

三

欢喜枝头杏子花,小儿急盼绿枝丫。
不听娘唤翻墙去,始信青酸软倒牙。

四

菜园蛛网是虫家,雨后编织绿幔纱。
丫小摘瓜惊网怕,网蜘疑惑雨来狎。

---

① 沙台:作者老家盘山县沙岭镇沙岭村的地势很高,都是沙子堆就。
② 促狭:爱捉弄人。

忆少小

淡淡晓光已照暄[①],青峦远黛掩层烟。
风恬惬惬骑牛背,泥泞悠悠觅草鲜。
野浴无暇观落日,横笛不奏望春山。
常思少小追残忆,岁晚方知慕自然。

竹 影

心摇生碎影,寂寞上修篁[②]。
望望犹吟绿,湘愁我更长。

夜 怀

离情已杳杳,密约何沉沉。
风定花犹落,空余惜花人。

---

① 暄:温暖。
② 修篁:修竹,长竹。

恰逢花开
杨建雄诗选 / 旧体诗

落 叶 落

落叶落,落叶重重叠。
万坡流丹①霜欲切,与君小径看明灭②。
参差袅娜迷人眼,风来卷起未肯歇。
落叶飞,何处再转回?
缭乱飞不尽,憔悴入罗帷。
落叶默,春去秋又催。
我去不知返,飘零无所归。
落叶落,缘何默的默?
万千不胜数,万千何所措?
延燔③三叠叶已没,焚爇④殆遍秋去也。
我春已逝不再来,今秋又萧索。
与君落叶里,伤心更相若⑤。

---

① 流丹:流动着红色,形容色彩飞动。
② 明灭:指时隐时现,忽明忽暗。
③ 燔:焚烧之意。
④ 爇:意为烧,"荣王宫火,延燔三馆,焚爇殆遍"。
⑤ 相若:意为相仿。

初冬感怀

寒起吞缺月,风来吐冻泉。
草合鸟迹少,木瑟影踪单。
吟霜走泽畔,卧雪访山端。
顾循①岁空长,怵惕②日暇闲。
嚣奢富人趣,俭谧贫者缘。
庙堂为宰相,茅屋做神仙。
谁膺③鸿鹄志,哪配燕雀言。
参差有别处,纵横无征帆。
独殇慨天命,空余叹华年。
续诗理旧稿,与君共昌延。

悲 老 树

堂前古树尾森森,次第秋疏带碧纷。
谙尽霜轻思暖切,几逢露重恐寒深。
卿怜我老无根蒂,我叹卿衰褪绿裙。
今我与卿悲际会,只言忆取旧时荫。

---

① 顾循:眷念安抚。
② 怵惕:恐惧警惕。
③ 膺:接受,承当。

咏雪四首

一 盼雪

我盼冰葩造化来，飞花六态百般开。
千红万紫随他去，且看高格领九垓①。

二 问雪

瑞释缤纷耀谷清，琼瑶岂畏隐沧溟②。
春光日照遗无地，入地香魂哪处生？

三 忆雪

山村岁稔③雪压困，一任银装满目焜④。
寒雀团喧忽瓦顶，无防饥馑⑤不需春。

四 赞雪

天香冉冉下云低，剪剪玲珑亦自惜。
禾黍埋冬披暖被，不辞仙迹染尘泥。

---

① 九垓：九层，指天。
② 沧溟：苍天，高远幽深的天空。
③ 岁稔：指年成丰熟。
④ 焜：明亮。
⑤ 饥馑：灾荒之年，庄稼没有收成。

遥赠友人

又见挑灯长,忧民夜未央。
案头无小事,祈愿万人康。

得长生学兄赠烛台

夜挑延州一盏灯,添书不倦寞无声。
同门四月遥相馈,好促谦学到五更。

与友论"白发如新倾盖如故"并赠

世事榛棘①过妙龄,夜寒霜冷岂无惊。
也希有幸识白马,最惧多情负美名。
淮水原金皆应淬②,昆山籽玉③锻生形。
高天厚地何为最,得遇知音得遇卿。

---

① 榛棘:阻塞。
② 淬:烧,灼。
③ 籽玉:远古时代从昆仑山上风化脱落的玉料,经河水常年的冲刷磨蚀而形成的一种"鹅卵"状的玉种。

乙亥冬月廿四夜

形行穷贱已成佗①,富阜殊途不与和。
世事云烟温故梦,踌躇②小志蹈新辙。
思将静夜情无限,悟到人生苦最多。
归去谁知何所去,从来浅醉拟残歌。

乙亥冬至晨感

聊添雅趣泛崇光③,日日歌吟兴愈狂。
偶念小楼重置酒,常思大士一登堂。
官关劳力何须惧,曲赋贫频可解方。
欲寄所怀无所寄,半斟半句半红装。

---

① 佗:负荷。
② 踌躇:思量,考虑。
③ 崇光:正在增长的春光。

雪

娟娟六出[①]下仙台，拘掌难收拂还来。
蒙茸漫漫千万里，凸凹满汀不需栽。
香惹冷月窥长空，绮招流霜傍帘栊[②]。
江天无尘苕华[③]玉，大道蹁跹袖冷风。
高节独标入俗世，何人与我歌琼楼。
如月之曙不可丢，载瞻载止不胜愁。
冷言稀音无所觅，妙自难寻难自遇。
匝地[④]怜洁藏寸土，望远始知白云孤。
我未生时谁是我？我入尘泥我是谁？
来时朦胧去时悲，一场人间泪空垂。
从来骚客说纷纭，枉自怜惜枉自真。
得成流水在春日，谁记玲珑是此身？

---

① 六出：雪花的别名。
② 帘栊：窗帘和窗牖，也泛指门窗的帘子。也指闺阁。
③ 苕华：形容雪成冰之状。
④ 匝地：遍地，满地。

童年夜曲

大雪纷飞覆小屯,霜花惧冷叩窗门。
添柴烤薯催炉暖,焐被①宽衣灭火痕。
土炕生凉嫌夜月,水缸上冻恼冰墩。
茅茨②不抵西风烈,天下娘心一样温。

即景二首

一

长思短思新句,左闪右闪灯花。
东窗西窗月影,深色浅色新茶。

二

宽巷窄巷枯树,来时去时孤鸦。
聚缘散缘有定,天大地大无他。

---

① 焐被:在炕或床上铺被褥。
② 茅茨:茅草盖的屋顶,亦指茅屋。

立 冬

冬节凝暮关，幽窗破晓寒。
荣春一朝立，师承数载缘。
文传千里意，身赴万重山。
迎风悲旧蒿，对月叹新残。
衣被苍生用，心系黎元翻。
同窗今再会，深致夜复弹。
暂抛烦嚣永，且得诗书闲。
清音发妙曲，雅韵绕邻川。
怜我谁似我，汲泉涌思泉。
青丝难解雪，归志不流连。
蓬门莫嗤笑，文章自可传。
生者百岁短，留世几长篇。
歌行快真性，情寄挂远帆。
览物成佳趣，开樽[①]且把玩。

[①] 开樽：举杯（饮酒）。

冬日登山

石头为嶝①磴②升台,曲曲弯弯几转开。
览尽风光才大悟,再高也得下山来。

乙亥腊月廿八访故友

致仕③同窗续百缘,雄谈阔论更欣然。
多情落纸成书卷,驱马长歌入北川。
朗月独爿观四海,清流我自望高天。
世无其二追遥忆,半个师翁半个仙。

春夜即事

剪剪烛火一挂纱,几家春夜掩篱笆。
不惊柳上窗前影,疑是雪月压风花。

---

① 嶝:山上可以攀登的小道。
② 磴:山路上的石台阶。
③ 致仕:退休。

缺 月

圆缺莫怨嗟，自古恨离别。
纵使无缺月，相思哪处歇？

立春感怀

闲寻门外踏石台，尚有清寒裹院开。
且看春鞋行路软，当知风已自东来。

上元节

营营[①]旧事难成梦，勘破[②]平生枉自安。
一枕春寒孤影卧，半床月色也清欢。

[①] 营营：指追求奔逐。
[②] 勘破：犹看破。

独 卧

独卧怨春寒,翻书夜未安。
长明千里月,知我最无端①。

春 归

惊见柔枝欲破芽,细观软陌隐芳华。
何须再辨春归处,已落茅篱三两家。

初 春

春鞋陷软泥,芽露透春息。
喜雨催春事,当筹莫忘机②。

---

① 无端:没有来由地,无缘无故地。
② 忘机:常用以指甘于淡泊,与世无争。

晨起读书怀古

今来古往，如梦穿堂。
豪杰似雪，富贵如光。
荒冢一片，多少侯王。
亭台宫阙，瓦砾颓墙。
荣华身外，枉断人肠。
虚名霸业，闲说一章。
柴门自掩，睡向西窗。
粗茶淡饭，草履布裳。
诗书浩瀚，信马由缰。
渔樵得乐，自在麻桑。
随缘听命，可圆可方。
养拙蓄静，万千随藏。

庚子元月廿八雪后

极目皑皑妆树瓦，忽来雪霁①各东西。
多情残落为春被，有意伤晴化暖泥。

---

① 雪霁：雨雪停止，天空放晴。

访友感怀二首

一

流光难有再重生,颇愧韶华梦怎成。
鬓已星星空对月,忍将诗味入寒筝。

二

忽来风雪夜寒清,地冻云翻碧海惊。
始信无常终有霁,且安新日付新晴。

苔

披霜带露怜春色,断壁延生过瓦台。
晨抱石凉观日上,暮听雨响问风来。
别离才恨人将老,憔悴应知月半哀。
且看幽岩泥印处,谁留筇杖[1]久徘徊。

---

[1] 筇:筇竹,古书上说的一种竹子。筇杖,竹子做的手杖。

南乡子·夜吻窗纱

夜吻窗纱，一床明月搂灯花。两两相交摇影罢，闲话，任俺和衣独入榻。

秋风清·红尘躁

红尘躁。荣华扰。岂能坐等闲，终是争多少。浮世功名对镜前，奈何霜雪欺人老。

章台柳·春泥软

春泥软，春光懒，拟换春鞋聊自遣。野外春风怯自寒，北国春迟农桑晚。

下厨十首

一

厨见晚炊烟，汤包素味鲜。
粗茶填口腹，无事即神仙。

二

泼夏熏风燥，汗生几斗粘。
入伏知所去，月下扮厨仙。

三

昨在院中啼，今烧半瓮鸡。
老抽当酱醋，悔变一锅漆。

四

夫物芸芸客，皆是苦劳人。
朝朝奔路影，岁岁垦厨身。
又逢集市晚，幸得菜蔬新。
月落炊烟冷，微汗诧流尘。

五　汉宫春·爱杀江南

　　爱杀江南，喜清明酥点，尤甚青团。调将青艾糯粉，裹豆沙丸。春盈碟碗，馅料甜、有许多般。风正巧，尽收翠绿，香泥淌满晴川。

　　收尽俗尘千好，只问柴米面，早晚炊烟。管他春浓夏淡，世事蹁跹。真真假假，若详参、愁绪无边。还去处，江南载酒，千杯只道相宽。

六　烛影摇红·连日炊烟

连日炊烟，入厨挽袖忙丰膳。拈盘刷釜洗淘先，兼备油盐面。翠果鲜蔬摆满。引看官、频频咂叹。细尝慢咽，寂寞独酌，何须顾盼。

最喜余闲，风霜雨雪都经遍。厨间劳作最清酣，所有浑然惯。常看人间冷暖。最应该、浮名莫恋。老来归处，尽付三餐，瓢盆锅碗。

七　摊破南乡子·日月两空悬

日月两空悬。都只怕、慢待花颜。近来碌碌如梭过，唯将洗涮，三餐素淡，如是相安。

鬓雪忆阑珊。终褪去、浮躁当年。晓灯对晚蒸新薯，利名富贵随缘，且看自在炊烟。

八　浣溪沙·耿耿晨霜送浅寒

耿耿晨霜送浅寒。蓬头垢面入庖间。炊烟袅袅上窗弦。

世路劳生皆有限。家慈之爱大无边。唯将常伴侍尊前。

九　诉衷情令·今朝散髻入厨庭

今朝散髻入厨庭。和烟煮伶仃。扇笼闲蒸炊饼，红豆慰何卿？

频举酒，醉曾经，望双星①。人间如是，三餐烟火，多少关情。

十　风入松·月凉星小吻东墙

月凉星小吻东墙。依旧厨房。抱薪添火炊烟上，过五更、满院初香。知否朝朝孤影，羹汤温热轻尝。

双亲今岁又添霜。触绪还伤。少时往事今时念，泪难尽、几度沾裳。养育爱堪江海，唯将侍奉如常。

---

① 双星：指牵牛、织女二星。

捣练子·独对影

独对影，忆从头。醽醁①青蔬醉小楼。锦字年华如水逝，且将杯酒释风流。

忆秦娥·利名瓮

利名瓮，瓮中千古繁华梦。繁华梦，一生都付，断碑荒冢。
穷通历遍知谁共。归来酒醒空欢纵。空欢纵，百年一瞬，管他何用。

清平乐·岁华寻遍

岁华寻遍。如鸟去不返。遗憾春光过多半，尚有太多闲愿。
最喜春夜看书，不顾蓬头垢面。才骂微风翻乱，又恨月辞星转。

---

① 醽醁：一种绿色美酒。

龙居寺后池塘

夜寂暗秋塘，寥廓静八荒。
辞借三篙翠，别藏一脉香。
明春当再秀，易非故年芳。
对卧前踪想，无由遣自伤。

李　煜

武略雄才秉太宗，文韬后主擅风情。
千年梦断长安事，一捧黄泥卧帝英。

喜春来·思

墙头杏雪将春惹，弹指寂寞几度花。但凭流落向天涯，鬓已斜，一倍珍年华。

归 耕

木圯①夭桃复故林，霏烟起处望春深。
犹听犬吠催泥脚，几世重修老圃心？

夜跑二首

一

借得凉风扫，清辉乱影花。
月移辞晚客，汗落几人家。

二

并手摇双影，繁星点月华。
夜跑多汗下，恰可洗塘蛙。

---

① 木圯：木桥。

听梨雨醉酒随赋

闲庭小院听梨雨，暂忘浮生半日幽。
唤酒三添歌李杜，枕衣复醉梦春秋。
如歌岁月杯中晚，不惑行年泪底流。
饮罢携归回望眼，寒星如我倚西楼。

入夜遣怀

今我归时卧旧堂，一庐和静纳微凉。
光阴半付修诗意，岁华迟收感物殇。
又踏岭头逢曲路，遍思少壮荡汪洋。
谁能与共敲心事，半缕清风问酒囊。

春晨懒卧雀惊不眠二首

一

风送榆香过绿墙,飞来小雀闹闺床。
困春恹恹松云鬟,扯盖罗衾掩耳旁。

二

日透青纱映绣堂,酒酣懒卧意正香。
无情最是枝头雀,不解残春唤碧窗。

月上海棠·五月归乡

春风有脚开行马。院户家、耕作致初夏。侍农车驾,恁多忙、竞相讨价。知晴雨,处处锄犁畎①坝。

村南村北鲜蔬下,只见鸡、鸭鹅犬杂耍。院前堂后,挑粪渣,体勤为大。好生涯,劳动人民俊煞。

---

① 畎:田间小沟。

昭君出塞

绝艳离宫汉帝羞,和亲塞外寄新猷①。
不希富贵昭阳殿,宁卧荒郊草一丘。

雨夜寄语

万里独行一客,夜踩点点雨花。
空林檐卧冷燕,乱萍塘睡春蛙。
舍深悬灯半盏,心驰荡舸②长沙。
近嗟梦残有恙,远哀世躁无涯。
藉风东西相与,问夏红绿交加。
人老思底旧事,况逢垂线滴答。

---

① 新猷:新的谋略。
② 舸:小舟。

知二〇二〇年五月廿七日珠峰高程测量登山队成功登顶随感

西峰奇且险，皓首藏青横。
今古时常异，山川未变更。
登高怀远志，沐雪乐平生。
荡气行天下，谁人敢与争。

酒泉子·五十二期进修班毕业一周年有感

黯黯离怀，犹记去年今日，出师①宴上诉情衷。太匆匆。
今来园里尽楼空。最是旧游如梦，叶繁杏小惬融融。念依中。

---

① 出师：古代完成学业叫"出师"。

浪淘沙令·五十二期同窗稻作人家晚宴欣然有作

稻作笼晴烟,绿满藩垣①。寻芳趁步且偷闲。向晚笑嫌樱甚小,咽唾还酸。美酒贺三番。悦上眉间。金兰相契最声喧。争喝白茶香半盏,自得宵欢②。

过半世歌

人生四十已过午,还有半天即入土。
好景无多且珍惜,半路风雨几寒暑。
思钱赚钱无穷尽,闭眼钱就换新主。
官大官小弹指间,最后白头未肯顾。
富贵荣华也烦忧,功名利禄如花露。
荒凉古庙青草碧,咸阳宫阙无人步。
春夏秋冬一晃过,庭前月下枉欢舞。
莫羡他人钱财多,莫将官职空相妒。
古来此事无不然,刚刚升平忘险阻。
请君细看眼前人,埋身还不到半亩。
人人一个土馒头③,年复年来无人数。

---

① 藩垣:藩篱和垣墙。
② 宵欢:清雅恬适之乐。
③ 土馒头:指坟墓。

蛰 伏

鹍展翅兮一弛张，蜷卧安兮可行藏。
尺蠖①屈兮以求信，龙蛇蛰兮待飞扬。
姜尚②贫兮且卖酒，诸葛隐兮耕南阳。
风借力兮终有日，绝顶凌兮瞰八方。

半味小馆与五十二期同窗吃酒品三合居熏肚老胡烧鸡

雅兴闲约半味庭，风倾原就半酩酊。
趣谈才醉半爿月，嬉笑已惊半盏星。
一任纵横发思语，一凭寥落感曾经。
高山流水一樽酒，世间眉目一点情。

---

① 尺蠖：动物名。尺蠖蛾的幼虫，寄生于树木间，以枝叶花果为食。行动时身体上拱，屈伸而行，似人以手丈量距离，故称"尺蠖"。
② 姜尚：姜子牙。

鑫安园傍晚赏荷

芙蓉临秀水,万碧隐瑶英。
蔼蔼霓裳舞,田田夜雨筝。
痴痴红霁女,寂寂绿阿卿。
谁有相思意,邀约话晚晴。

醉酒怀古

仆[①]本渔樵客,闲中做酒神。
心机随逝水,块垒化飞尘。
王谢留遗恨,陶朱忘百辛。
看穿千古事,且做快活人。

---

① 仆:谦辞。旧时男子称自己。

恰逢花开 杨建雄诗选 / 旧体诗

北斗组网最后一颗卫星发射成功

我思应高举，当跻梦九天。
羁心飞箭舠，鸿志绕云川。
玉兔同风暮，星河共月年。
今朝惊北斗，天地睹方圆。

苤 荷

敢问哪般前身？出淤入淖[①]无尘。
熏风摇露初醒，赤霞飞酒半醺。
吟凉幽月谁往，舞乱霏雨何因？
水做女儿骨肉，原系太虚花神。
待我羽化之后，唯愿与卿卜邻[②]。

[①] 淖：意为烂泥。
[②] 卜邻：向他人表示愿为邻居。

拍蚊二首

一

皇天造化怎成卿？填腹贪婪嗜血生。
入夜思凡惊斗室，半身厮痒叹奇兵。

二

薨薨①绕耳已三更，投隙穿帷怎得成？
切齿咬牙难入寐，噼啪拍掌只闻声。

惜 时

光阴过隙总将轻，莫向莺歌燕舞行。
但见少年惊雪发，岂知老迈慕豪英。
青阳才照当思奋，快雨初晴好作耕。
惜取韶华拼旖旎，万千蜀道待攀征。

---

① 薨薨：象声词，蚊子齐飞声。

恰逢花开
杨建雄诗选 / 旧体诗

月下与同窗地摊小酌

江山明月浅,绮户霜露深。
谁问西风瘦,谁怜手上温。
名利常闻道,离合复感真。
涉水才知险,经冬方见春。
阔谈当年少,莫问白发新。
繁华落尽后,多少无奈人。
生涯何落泪,无由说寸心。
相约南岭下,从此一闲身。
不听沧波起,举酒问君深。
先饮三壶酒,再叙共情恩。
浮生何堪扰,聊以慰知音。

西江月·大暑

树静但听蝉噪,赤乌①烘烤遥天。罗衣颡汗②易生烦,更恨花了妆面。日晌才歇解倦,周公一梦游仙。半年弹指任悄然,只待秋凉送晚。

---

① 赤乌:古代把"金乌"作为太阳的别名,也作"赤乌"。
② 颡汗:额头冒汗之意。

一七令·月

月。
盈亏，圆缺。
皓皑冰，玲珑雪。
梦入兰殿，愁生玉扃。
才数几风花，看尽千宫阙。
清则思意初叠，老却禅心已结。
何来独自上高楼，谁见寂寥哪处歇？

立 秋

晨收三伏溽热[1]，人间飒爽知秋。
一池孤影将瘦，几处蛩鸣更幽。
才听扶桑送雨，始看衣带渐收。
不见惆怅归人，独尝娇耳[2]香馐。
酒醉东墙凸月[3]，梦卧西河星洲。
解得哪般相思，夜凉最添新愁。

---

[1] 溽热：潮湿而闷热。
[2] 娇耳：饺子的别称。
[3] 凸月：满月前后的月相。满月以后（即农历每月十七、十八）的凸月称为"渐亏凸月"，又称"下凸月"。

致全城迎战8号台风"巴威"者

昨夜雨叹瓴①瓦，平明风满全州。
夕寐劳伏几案，宵兴勤巡汀楼。
应信成城无碍，何妨晦暝难收。
今日霖铃横扫，众安可解心忧。

伤　秋

北阙秋来早，临风数点黄。
离凫②悲故驿，澹③月寞新塘。
才感三春促，更惊四季殇。
惜留今岁色，莫问百年芳。

---

① 瓴：房屋上仰盖的瓦组成的"瓦沟"。
② 凫：野鸭。
③ 澹：指水波摇动的样子。

怀旧寄老友

金秋鹤邑寻前迹,恣肆行游乐未央。
假醉争联嫌夜短,佯狂雅制盼香长。
重分伯仲敲文笔,偶补东西和曲章。
他日相逢高宴处,飞吟把盏壮人肠。

鹊桥仙·旧棠雨歇

旧棠雨歇,离烟轻惹,孤雁哀啼千叠。辞春未已怯逢秋,始方信、花开旋别。蝉笙院宇,青灯明灭,独对姮娥[①]宫阙。人间欢趣尽消磨,残梦醒、负谁风月?

虚花悟·别

将这情字勘破,今生来世又如何?看那相思幻灭,觅得寡淡清和。为甚么?人间芳华盛,世上痴怨多。到头来,谁能真捱过?或则个,残宵冷帐人独卧,春恨秋悲日蹉跎。更莫说,一涓泪帕湿寂寞。又的是,不思不念不相见,花开花谢花消磨。似这般,寒月绕砌谁似我?叹只叹,断肠人远梦婆娑,定是三生因果。

---

① 姮娥:嫦娥。

西湖夜畔

苏堤夜闪流萤，醉柳拂面多情。
舟行人语正沸，水漾渔火初迎。
箫嗟风荷曲院，月洗集贤雅亭。
远雾尽收花港，秋湖怅望南屏。
闻得倾城李氏[①]，难比西子娉婷。

步西湖畔早思

飞马历杭州，芙蓉疏影瘦。
九溪日添茶，梅坞夜尝酒。
独上飞来峰，孤怜曲荷秀。
望去故门扉，谁知今人叩。
亭台屐履新，菱花姣容旧。
此生须臾尽，徒留妪和叟。
良骥或能求，心知难所有。
成败得失皆由定，明年花似今年否？
胸中了然无一物，何必长思夜复昼。

[①] 李氏：李延年之妹。李延年擅长音律，颇得汉武帝喜爱。一日为武帝献歌："北方有佳人，绝世而独立，一顾倾人城，再顾倾人国。宁不知倾城与倾国，佳人难再得。"并称其妹有倾国倾城之美。汉武帝遂召之入宫，称李夫人。

眼儿媚·西湖别雨

潇潇烟雨一湖秋。怎奈醉才休。断桥惜别,泪盈青酒,忍上行舟。
薄云何解浮生意,眼底更难收。钱塘逝水,任谁离去,照旧东流。

为清浅①江南古风装拍照并题二首

一

闻道江南好,迟来对镜梳。
新装惊院宇,娇媚总如初。

二

碎步宫阶上,玲珑入画书。
莫惊流水去,自在度居诸。

---

① 清浅:眭清浅,作者外甥女。

月中桂·题苏小小[①]墓

去去来来，问潮朝复朝，此意难了。酸酸楚楚，对镜双垂泪，蛾眉难扫。望征鸿迥眺，一别后，江天杳杳。情隐西泠下，非非是是，空惹百年扰。

荣华正好无常到。念生生世世，万事虚渺。才听曲瑟，把酒东庭道，无人能晓。羡卿卿我我，却不问，无聊袅袅。雪月风花逝，伤心岂独苏小小。

秋凉又赋

衾冷横歪懒沉音，混侵诗魔半日辛。
落尽岁华芳相乱，凋杀万物态转深。
香魂欲寄何托冷，玉色乞托怎寄人？
一种清绝君不信，知来唯我诉秋心。

[①] 苏小小：南朝齐时著名歌伎，钱塘第一名伎，常坐油壁车。有文学家认为苏小小是"中国版茶花女"。

苏小小幼年父母双亡，寄住钱塘西泠桥畔姨母家。她虽为歌伎，却不随波逐流。苏小小十分喜爱西湖山水，自制一辆油壁车，遍游湖畔山间。因才华横溢，气韵非常，在她的车后总有许多风流倜傥的文人雅士跟随。某日，苏小小沿湖堤而行，邂逅少年阮郁。二人一见钟情，结成良缘。但不久阮郁在京做官之父闻其竟与歌伎往来，派人催归。阮郁别后杳无音讯。苏小小情意难忘，久久思念。

一日，苏小小偶遇一模样酷似阮郁之人，那人衣着俭朴，神情沮丧，问后才知此人名叫鲍仁，因盘缠不够无法赶考。她立刻慷慨解囊，予以资助。鲍仁感激不尽，满怀抱负奔赴考场。

怎奈佳人薄命，苏小小在次年春因病而逝。临终道："我别无所求，只愿死后埋骨西泠。"这时鲍仁已金榜题名，出任滑州刺史，赴任时顺道经苏小家欲会佳人，却赶上她的葬礼。鲍仁抚棺大哭，在她墓前立碑曰：钱塘苏小小之墓。墓上覆六角攒尖顶亭，名为"慕才亭"。

答君十二问

红颜自幼多病身,二十年来废学门。
命福舛薄天生就,沉疴寥落慕青衿。
红楼解语知音少,高山流水此一春。
悼红轩里频洒泪,黄土垄中表寸心。
多情唯关心底事,底事唯有寄骚文。
天下辞章难说尽,懂我一篇自绝伦。
兰香从来隐蒿草,自古碧秀出风尘。
高堂可谒湖海客,蓬户也得乐安贫。
平生遭际实堪悆,不见残墙落絮深。
白首如新星辰掠,倾盖如故共情真。
阴阳富贵皆前定,几劫几世渺无痕。
无关槛内与槛外,原应叹息梦里人。

一剪梅·入秋第一杯奶茶

  茗粉春芽冰奶茶,水游城①内,慕客人家。鲜香麻辣乱交加,恣肆不羁,共论桑麻。

  最道销魂月笼纱,挑灯情话,雪里看花。浮名无意任由它,地角天涯,诗酒年华。

---

① 水游城:鹏欣·水游城(盘锦店)。

兰州牛肉面

强似秋练，香气传远遍。
软如春绵，气腾些微汗。
白浮清汁，擎者急眼盼。
翠点春苗，闻者吞津咽。
夜访甘南，充虚之小店。
食客不绝，纷纷而咂叹。
久仰盛名，今尝悬之念。
知此谓何？兰州牛肉面。

游拉卜楞寺

逍遥迟步悦残秋，寺宇巍峨放眼收。
灵塔转山修己性，佛灯燃火净常俦[1]。
一丝梵籁飘金瓦，万卷经书满碧楼。
淡日随常痴旧梦，尘心无欲最清幽。

---

[1] 常俦：指凡庸之辈。

观黄河九曲第一湾

阿坝苍野阔,团云山头越。
黄河天上来,白水添欣悦。
但行处霞影成双,将到时鹜阵飞叠。
玉带乍飘兮,惊美人之清捷。
银缎欲动兮,羡裙袂之明灭。
朝辞碧落兮,眉眼初结。
暮谒红尘兮,同心已惬。
雁来环素手,风过红两靥。
暮宿黄河边,夜闻马嘶绝。
高原不适,头痛欲裂。
睡不能安,食不能咽。
可怜甘南风物,多情不肯更迭。
千里饮马,惺惺相惜别。
九曲第一湾,描摹无词阕。
恰逢三五,寂寞无关切。
天下最亲,还是家乡月。

甘肃行

茫茫大漠胡天，烈烈西风秦川。
皂雕盘旋紫塞，野驼漫挑黄烟。
白沙千景极目，赤日万里无端。
犹见征衣铁骨，叱咤嘉峪雄关。
邦国倾朝炀帝，西域神使张骞。
塞上江南金掖，封狼居胥酒泉。
马踏飞燕威武，莫高石窟飞仙。
羌笛萧萧含怨，左柳曳曳盈年。
卷地北雪忽至，苍茫寂寞祁连。
回旋叠嶂路远，何时遥见长安。
今我匆匆过客，楼头得以大观。
人生百载即逝，劝君不如看穿。
任他古来万事，尽皆俯仰之间。

旧体诗　恰逢花开 杨建雄诗选

北戴河培训一别两年余兰州会老友张敏

兰州邀远客，同砚①情深渥②。
笑安羁旅心，夜访城关③阙。
明晨两相向，辞别赠兰若。
稽首当所思，天涯共明月。

行　旅

霞灿吻以风轻，寥落深处观星。
冉冉华灯飞上，驰驰云窗急行。
徒旅偶有同骑，舜华分踏新征。
疏烟淡日清寂，流光屈指堪惊。
怜彼公务烦冗，案牍劳形三更。
悬空一夜清朗，聊赠慰以知卿。

---

① 同砚：古代指同窗。
② 渥：浓厚。
③ 城关：城关区，兰州市主城区。

别友感事二首

一

茶凉酒醒意难消，犹记喧声醉共陶。
从此宋唐别寂寞，而今词调有人敲。
苍颜尚可谋千曲，少壮须当弄大潮。
待到归来安故土，我生无憾亦妖娆。

二

云开庭外雨来消，陋室逢秋且自陶。
偶念花飞伤落寞，空留棋子待君敲。
去年同谱荷荒曲，今岁独听夜半潮。
转瞬繁华终是土，莫怜春谢褪妖娆。

与清浅同尝翡翠蟹柳粥

蟹柳鲜鲜粥，咂①奇一雪瓯。
红缨丝变缕，翡翠队成球。
分付匙中馔，亲尝碗里馐。
依依从别后，香忆不眠楼。

---

① 咂：舌头与腭接触发声，表示赞叹或羡慕。

暮秋当值

碧落惊秋苴,凄清感自珍。
远郊知衣薄,近陌晓风频。
雁过天光短,霜来鬓华新。
已无荣辱念,何以入微尘。

沙岭①秋归

斜阳远暮鸦,平畴几处洼。
茅檐添新瓦,土篱挂秋华。
肥豕争灰菜,瘦犬吠黄花。
长犁肩负袋,短耙脚翻沙。
鲜汤两瓮满,炊烟一缕斜。
最美乡村夜,静寂抱农家。

---

① 沙岭:作者老家,位于盘锦市盘山县东部。

落枫二首

一

晨风飞落语，满地怨枫啼。
最是伤情处，飘飘两两依。

二

枫语萧萧意，橘成碧色稀。
嫁秋秋不管，何处两依依？

立冬感怀

寥寂凄凄渺大荒，西风猎猎卷秋黄。
成行雁阵衔残雾，遍彻鸦飞数落霜。
枕上才怜今岁晚，梦中尤叹夜初凉。
红尘陌里寻常日，何必寒宵问短长。

作画水墨葡萄二首

一

画台潦草伴伶仃，笔底葡萄一片青。
自比人间惆怅客，只抛金粉①寄多情。

二

飒飒西风哪忍听，幽窗藤蔓怅离情。
一片期心生甓画②，刚作闲愁又忆卿。

为孙小姐画作题

观大千以物外，立绝世而心朗。
知我者兮不遇，劳劳何兮独往。

---

① 金粉：画画所用的一种特殊颜料。
② 甓画：甓，色彩鲜明的绘画。

落叶殇

沙沙作响,蜷飞横躺。
减翠添黄,忧凄不忘。
西风老苍,敲凉愁况。
昏日微茫,瑟我孤氅。
远远围墙,隐隐东岗。
收尽秋光,诉尔离殇。
落叶央央,何人同赏。
月寒疏窗,瘦影惆怅。
幽梦高唐,欲唤同往。
思念成霜,空悬鸳帐。

小雪感怀

一夜北风紧,寡酒送残更。寒来万里无月,窗底醉伶仃。前日青春归去,今日轻霜鬓影,谁问断肠声。昏隐北星黯,孤零长灯明。

萦怀事,缥缈梦,诉衷情。半生尝遍寂寞,知我者,小秦筝。添得流年恨怨,初试鸳衾鸯枕,感旧暖晨冰。今折岭南雪,予以寄何卿?

一年别祭

曾记青柳摇曳，而今翠残红歇。
雁来雁往吟哦，溪南溪北呜咽。
恨恨星稀独阙，念念鬓苍双雪。
回首蹉跎堪嗟，百岁光阴梦蝶。
往事闲愁断绝，经年离怨伤别。
莫喜今日春色，明朝花飞花谢。
浮生大都空惹，又负锦堂风月。
谁知哪个或缺，不如大醉是也。

咏蜡梅二首

一

万艳争春我不然，衔霜卧雪拟清寒。
林公杳去无谈者，岂必吟诗斗百篇。

二

独秀横斜欲问天，红罗缟袂哪应怜？
从来傲世难为赏，莫怪俗人羡牡丹。

折桂令·答梅娘①问

红尘莫问迢迢。风送孤篷，雨打孤轺②。片片闲愁，回回旧恨，点点无聊。自古人生寂寥。本来难画难描。骑马粗豪③，乘辇清高，哪个逍遥？

夜赏雪乡

极目寒光耀霭烟，灯笼半挑映白川。
冠压雪顶无忧处，正是添薪话酒酣。

翻旧照有感

夜来翻旧照，也算美人姿。
善睐依春面，青丝衬玉肌。
娇羞随逝水，窈窕变粗肢。
怅思年华日，谁人与我痴。

---

① 梅娘：作者的姐姐，名唤杨眉，诗里常称其为"梅娘"。
② 孤轺：独孤的小车。
③ 粗豪：性情坦率，豪放。

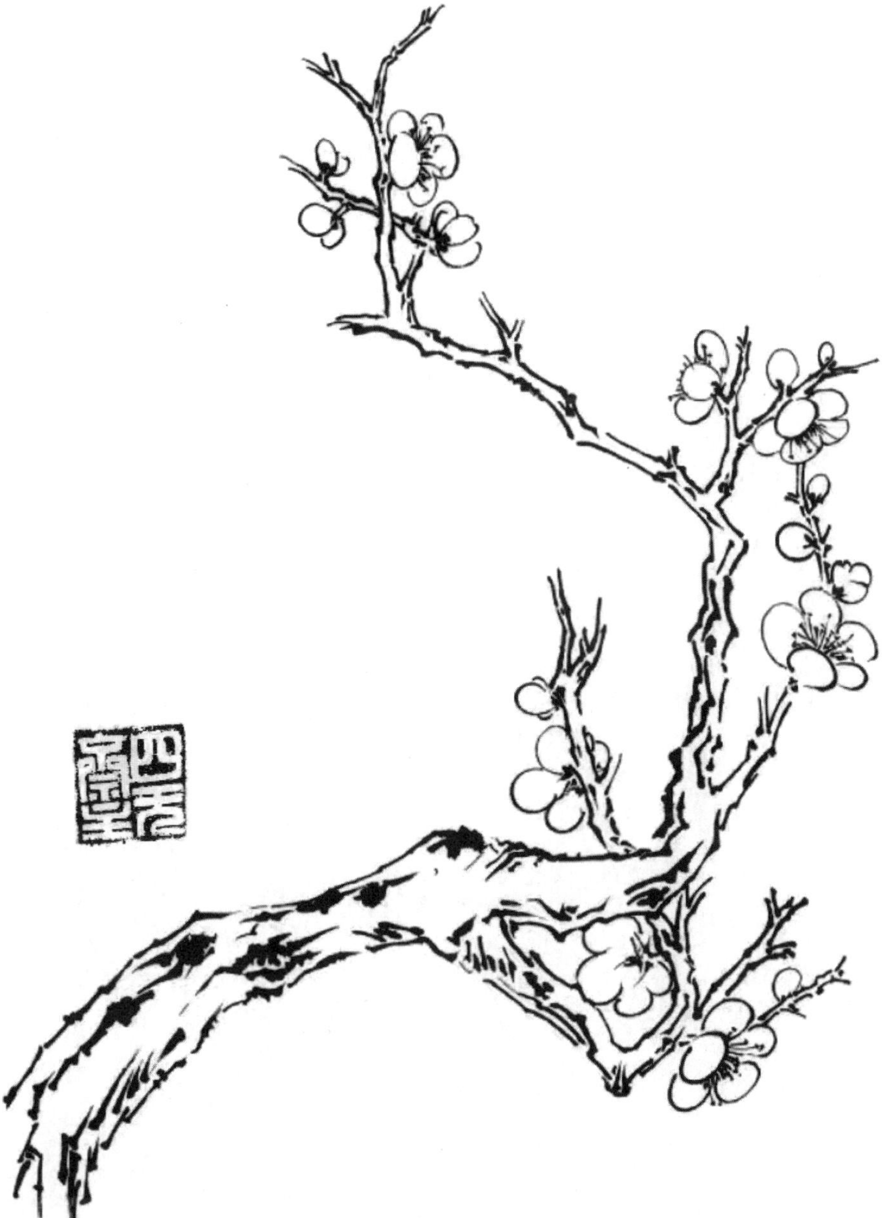

蜗 舍 吟

舍小远城郭,庭前雀可罗。
寒贫添新扰,但幸少沉疴。
世事由他去,闲情自安和。
吟诗摘花露,作画换肥鹅。
逢雪怜道韫,遇酒慕东坡。
朝登盘石道,暮里忆山嵯①。
无缘骑白马,知足驾老骡。
任他两日月,往来快如梭。

西江月·违停又遭罚

寸土寸金无罅,泊车愁困天涯。提心吊胆两交加,凭尔是谁皆怕。
大叶粗枝也罢,再三再四该罚。伤情无处诉心花,瞬间两行泪下。

---

① 山嵯:形容山高险峻。

大雪偶作

一夜冰花碎玉成,半窗清绝晓光横。
郊外苍霜疑沙雪,桥头暖日胜烛明。
此生几多萧瑟处,江湖万里只独行。
但求北风或解意,少奏枝上管弦声。

母病侍疾有怀

母病如山倒,常偷拭泪襟。
寻医安病痛,夜侍慰慈心。
望去白发乱,忧来悔意频。
年少怎知事,不惑才觉深。
跪乳应嚼草,舐犊哺情真。
何恩为善大,养育胜乾坤。
时时当问候,莫待空无人。
寻芳春已过,最负百年身。

冬至感怀

一阳生天地， 再顾节序轮。
三候①知冬至，四时万象新。
五谷登封处， 六道②几回尘。
七点星天外，八窗玲珑③身。
九九④终有日，十里桃花春。
百代直过客⑤，千秋大梦人。
万般皆同路，一纸写空文。

西江月·与友会朝天门解放碑

冷月寒星初挂，暖阁畅叙生涯。相逢尤惬与清茶，万事感恩缘法。
桃李遍开天下，博学儒雅堪佳。萧萧风曳问烛花，难尽知心夜话。

---

① 三候：指节气。一候为五天，三候十五天为一个节气。
② 六道：指凡俗众生因善恶业因而流转轮回的六种世界。
③ 八窗玲珑：喻通达明澈的修养境界。
④ 九九：古代民间用来表示冬至后八十一天日期的总称。
⑤ 百代过客：指时间永远流逝。

恰逢花开 杨建雄诗选 / 旧体诗

画堂春·访友获赠《清风墨荷图》

玲珑蕴秀染芳尘，墨飞勾摄荷魂。婀娜摇曳俏姿新，笔底藏春。
切切[1]辛劳相赠，欣欣蓬荜[2]当门。同袍[3]再会慨黄昏，往事纷纷。

又是一年

晨曦落窗瓦，爆竹响清音。
昨日复今日，又启一年新。
多少未卜事，徘徊自沉吟。
渺渺流星掠，回首已无痕。
光阴留不住，分分抵寸金。
千秋山赫赫，万载水粼粼。
往来世间客，纷繁不绝伦。
玉帝九天卧，惯看玄穹云。

---

[1] 切切：恳挚。
[2] 蓬荜：穷人家住的房子。
[3] 同袍：此处指兄弟、朋友。

谒金门·小寒

星残照,一枕薄霜昏晓。月落城乌啼最恼,终是无眠早。

往事依依烟袅,可怜多情相扰。争奈思君仍悄悄,此愁何日了?

踏莎行·冷

冻地冰天,十冬岁晚。寒风交切①乱、无拘管。凉云已散,疏枝更颤。天色愈暗,归人匆返。

世事相催,任凭恼乱。问愁霜雪染、近前看,尘灰满面,白头荏苒。纵然数九,难惊心畔。

忆元先生

青怀山野步师庭,未忘村夫耿耿情。
月射寒江不愧雪,游龙曲沼岂惭星。
贤达省己循天道,大匠挥毫校准绳。
东海扬尘如一梦,他年故里写余生。

---

① 交切:紧急,紧迫。

归自谣·茅舍晚二首

一

茅舍晚,惊梦觉寒眉不展,泪湿枕上谁人管。闺中寂寥知者鲜。何由遣,翻书难耐观星远。

二

抬望眼,物盛还衰终不免,随常世路深由浅。秋冬春夏弹指换。苍波远,不如三碗先斟满。

二〇二一年初雪

好色寒风夜夜来,雪花无主匿街开。
谁说浪子无情意,且看白头满院台。

又值腊七

天寒又腊七，四九岁当昔。
恨见流光客，忽悲过隙驹。
青灯思往事，雪鬓拟新题。
半百渔樵梦，长书字字凄。

少年游·大寒

隆冬数九耐孤心，庭晚朔风深。大寒腊八，今番唯愿，梅雪舞纷纷。
绿蚁盈樽炉火旺，欢喜把粥温。新律更替，岭南已信，旧曲待阳春。

居　闲

懒起描云鬓，添妆意更迟。
居闲频弄笔，疑误念新知。

夜雪吟

雪飞簌簌掩重门,烤火拥炉几度温。
土壁茅檐长顾盼,冰融天地一家春。

上海中山医院问诊

举目申城[①]里,芸芸不见亲。
榻凉蜷远夜,路暗攒寒晨。
异地求医紧,家朋问候频。
苍茫江水尽,何日做归人?

人月圆·小年

小年上海寻常过,初试春衣薄。一声雁错,半竿日落,烦恼什么。
弄堂此夜,灯花绕砌,孤影穿梭。帘帷深处,盈盈笑语,关我无多。

---

① 申城:上海市的别称。

旧体诗　恰逢花开　杨建雄诗选

得上海中山医院杨昌生医生收治老母入院感怀

疫霾沪里行，但见草还青。
潮涌舟渐少，云起雨悄风。
旅馆愁凉夜，弄堂恨伶仃。
候诊无所去，街头浅思轻。
吾幼多病痛，最感喘嗽惊。
决誓斗疾患，长侍慰母情。
过驿千峰暗，恋乡一月明。
寥落生孤语，幸有君可听。
满身空寂外，屈指算归程。
虽临大年下，不闻几曲笙。

踏莎美人·中山入院夜[①]

风脚含烟，云头匿月。南国燕雨涤长夜。千帆颙望[②]故园别。万里忧情又叹、念双叠。

最恨愁眉，更怜欢靥。谁人可懂思心烈。挑灯难寐意难决。应剪一床悴影、了心结。

[①] 上海夜雨，已至三更。中山医院病房内灯火通明，说话声、咳嗽声、关门声、走路声、叹息声、氧气泡泡声此起彼伏。仰望四壁，全无睡意，胡乱填词，是以为记。

[②] 颙望：凝望、盼望之意。

闻病房鼾声二首

一

夜半难眠才入梦，雷神突降闯医房。
慌忙坐起东西顾，隔壁鼾声震四墙。

二

白日匆匆四处忙，希求好梦夜初香。
须臾震耳鼾声起，敢与雷公较短长。

慕求二首

一

弦为知音鸣，诗向痴人诵。
但求同心者，愿常相与共。

二

花开蜜蜂惜，曲高雅士狂。
若得同心者，何惧白头黄。

早春所见

一夜春风快如剪，一双春鞋踏泥软。
一帘春雨送轻寒，一树春芽枝头显。
一枕春困些微懒，一点春情难自遣。

忆秦娥·上海春早

春来早，弄堂曲径春寒扰。春寒扰，清晨梦晓，更觉衫少。
寻芳最怕侬将老，一枝欲寄幽人杳。幽人杳，春愁了了，怨风低袅。

满庭芳·庚子除夕

庚子如何？瘟疾肆虐，岂知况味其多。重重愁幕，万里暗云泊。看楚地、白衣杏客，倾力挽，魔鬼吟哦。凡经处，乾坤月朗，众力荡涤浊。
一朝天下事，系关小我，当护山河。盼来新序，梦也多磨。今正好，银花夜舞，说不尽、杯尽颜酡。除夕日，家家共庆，香袖醉能歌。

正月初二独观烟火

暄暄良夜景,独步绕亭湾。
花火飞春树,蓝烟上晚天。
且惊新月瘦,试震旧衣宽。
欲渡银河里,年年望眼穿。

正月初四读《寒窑赋》

人生曲折万般多,三穷三富当思磋。
江山更迭已有序,家家风雨几笙歌。
心怀千里凌云志,却遇魑魅费蹉跎。
门楣高低逢冷眼,纱帽大小总遭说。
橘枳尚且分南北,一轮明月看圆缺。
酸甜苦辣无处寄,对错荣辱自消磨。
往事飘忽如烟散,做人难做苦张罗。
莫过镜花观水月,最是无语胜言多。

辛丑初二到初五值班有思

几日当班亲四野,又逢白雪满汀沟。
但闻莺歌从何远,始信飞烟未肯流。
得空健身元气透,闲来捉笔倦容丢。
莫言灯火通宵夜,更有不眠在此楼。

念 亲 恩

父母爱儿一门思,几儿识得此心痴。
殷勤养育十几载,饱经风霜任得失。
尔为黄口喃喃语,一朝飞出雀巢枝。
羽翼旦成晚回顾,老眼昏花无人知。
子不知时尚年少,子知子悔不惑时。
愿祈膝下长相伴,长相长伴垂暮迟。
莫待双亲空空也,才引滂沱作泪湿。

盘锦初春

春浅东风劲,春寒自绕溪。
春芽眠树远,春雪卧檐低。
春孕蒹葭蕊,春藏紫燕泥。
春晨呵素手,春晚又添衣。

青玉案·致敬戍边英雄

无边冰雪关山处。客行杳,英雄路。铁甲冽风谁见苦。云山稀薄,岁华难度。却炼铮铮骨。

惊闻西戍鸣军鼓。烽火连天震弓弩。拔剑安邦传尺素。戎衣犹在,血惊敌虏。泪染河山目。

金兰闲会

偷赋闲诗找乐乡，如临溽暑得余凉。
抛砖引玉良思苦，限韵听题最有方。
取醉高吟情切切，忘忧浅唱意扬扬。
平生幸遇金兰友，敢比希文[①]写岳阳[②]。

上元[③]感怀

遥见清辉处，匆匆瘦落丹。
孤杯难入醉，独榻岂成眠。
晚树飞烟冷，心花晓梦残。
上元明月好，寂寞也相关。

---

① 希文：范仲淹，字希文。
② 岳阳：此处指《岳阳楼记》。
③ 上元：元宵节又称"上元节"。

自然醒随感

众若蜉蝣都是尘,匆匆碌碌各自吟。
仆本人间闲散客,哪管新闻换旧闻。
平明鼾到自然醒,好趁流光好趁春。
幽他一默说心事,高情莫过养精神。

诗书杂兴

闲事休多问,家耕做酒仙。
书中求本末,诗外得高天。

一年老似一年

无情岁月增中减,好似川剧在变脸。
才慨绿鬓[①]斗霜华,对镜自恐惊人眼。

---

① 绿鬓:乌黑的鬓发。

折桂令·醉酒归家

你逍遥、日日酒窠。醉后笙歌,两腿凌波。总付谁人,相关哪个,快快详说。怨泪生,鼻涕多,伤心暗裹。咬银牙,捶胸卧,真动干戈。吓杀娇娥。思虑如何。细细掂掇,偷再喝么。

辛丑图强

二百年来恨未央,八千里路誓图强。
尘氛嚣起何须惧,今我扬眉立大江。

盘锦春雪

哪知何故洗轻尘,听得桃梨始弄春。
白雪不服花色好,惹来万树竞纷纷。

感冒病中作

忽雨又忽晴，伤风惹枕泠。
不识苍脸色，只见塞咽声。
铅块偏头重，棉花脚底轻。
天明憔悴处，哪有赏春情。

桃花落三首

一

恼怨南风劲，嗔哀雨后稀。
多情犹未已，一瓣入罗衣。

二

脉脉佳人面，烟霞染鬓低。
伤心花欲晚，碧色始眉西。

三

花开多顾盼，莫待草凄迷。
昨日胭脂雪，今朝和燕泥。

夜跑即事

莫言华岁尽,蓄势待春苏。
志远生豪气,人勤锻体肤。
此生漂大海,他日入洪炉。
万事倾全力,苍天不肯辜。

饭　后

馋眼欲将穿,加餐可解怜。
一碟香蟹辣,三道糯糍甜。
饕口残云卷,咂舌汗雨翻。
夜来频拄腹①,啼笑不堪言。

放　风　筝

闲愁昨日谁听,落红今朝雨径。
欲待问取纸鹰,如何东风不定。

---

① 拄腹:形容吃得非常撑。

观鹊筑巢四首

一

芸芸谁见筑巢枝,来往皆忙利禄时。
唯有平心抬望眼,题诗老鹊付儿痴。

二

鸟惊庭树育新痴,雨解尘香万物知。
点碧垂金生暖色,人间自在是春时。

三

晓来观鹊筑巢时,试遣愚衷和几诗。
莫笑拙文难入眼,高情不负我来痴。

四

千啼往复筑巢枝,养育安雏未断时。
何见穷生双泪眼,爱慈天下第一痴。

读《红楼梦》后作

雪芹脂砚斋,金陵十二钗。
千年同一梦,痴者自明白。

辽滨学舍夜寒

清寒扰月明,蜷卧枕疏星。
万事难成梦,一诗却有情。
倦途哀北雁,曲径恨飘蓬。
孤夜闻思语,听风百绪生。

偶 叹

相逢未必识,相识未必果。
世味应看轻,无可无不可。

与兄弟荣兴环湖散步

一

三五邀约事,环湖健步时。
鸟飞花乱蕊,风起柳摇丝。
人与夕霞晚,影随落日迟。
尽由霜鬓雪,此乃一生痴。

二

兴起约徒步,风惊乱涌池。
芳香惜远客,清冷验同痴。
幸遇新朋意,欢谈旧日知。
相扶从不惧,决誓见雄雌。

对　酒

平生不解饮[①],对酒知音少。
把盏言欢时,醉看容颜老。
此情才半开,又忆相思恼。
愁煞旧年心,来去无从了。

---

① 不解饮:不会喝酒。

春怀寄思

应悔初识却往来,只因风月最难挨。
谁赊花下无生债?谁欠情根雪里埋?
尺地两相难抵面,寸笺一处付诗怀。
春归春去知春老,不敢贴花对镜台。

杨 花

风送杨花满翠堆,素华生就乱飞飞。
多情不舍闺帘入,一朵残绒落鬓归。

湘妃竹

斑竹未语也伤心,泪尽诗成始到今。
最恨箫笛残月下,又添流怨与更深。

泰山北路林荫道夏日中饭后散步

午错得闲暇，款步邀清画。
小雀争林喧，绿杨织半夏。
最喜寂寂风，往来不能罢。
凉荫售如何，黄金无此价。

闻友讯后夜卧偶题

空囊半世愧无家，多舛归途尚有涯。
烦扰功名纷作雪，人间富贵眼前花。

小满寻诗得句

暖风荡碧芦草，浓荫催来夏早。
燕啼穿杨高低，鸭戏惊鱼多少。
绕村堤满水肥，横塘禾青苗小。
遥想十里稻花，无酒自醉一老。
何处曼妙人间，今朝晴和甚好。

悼杂交水稻之父袁隆平先生

华夏千尺台,幸遇神农来。
人间无所赠,果腹众生怀。
潺潺田中水,稻花为谁开。
青禾也寄思,与共万人哀。

痼疾不愈待旦中作

拙智衰颜业未成,闲愁不惧向三更。
看花零落年年泪,听雨霖铃夜夜声。
寂寞残书疴中叹,斑驳积雪鬓边惊。
江湖万事无荣辱,暂取一樽为我横。

老夫吟

何惧劳耕有限春,何怜半世默成尘。
且看江山原不老,抖擞白头更精神。

天舟二号与天和核心舱成功对接

天舟传喜讯[①]，威势借文昌[②]。
星月迎华使[③]，银河羡米粮。
云深经九险，雾杳过八荒。
今有强国梦，凌锋自可当。

忆少时老家沙岭随母插秧

脚过踏重泥，躬腰野水西。
田畴花入道，沟畔坝成蹊。
汗与青阳并，身随好梦迷。
夜来惊喜雨，翠锦与天齐。

[①] 2021年5月29日20时55分，天舟二号货运飞船搭载长征七号遥三运载火箭在海南文昌航天发射场升空，与天和核心舱实现对接，为空间站进行物资输送和燃料补加。
[②] 文昌：海南文昌航天发射基地。
[③] 华使：尊贵的官吏、使节。

拉 倒 歌

常有霏雨连晓，可叹阴多晴少。
劳生去去来来，但见衰颜空老。
鸦噪扰耳不觉，掩窗闭户可了。
云淡自有风轻，花开别厌杂草。
人生好景无多，炎霜堆叠烦恼。
落得自家白头，竟是庸人自扰。
更有富贵穷通，不过仨瓜俩枣[①]。
莫若冷眼旁观，呵呵一笑拉倒。

辽滨沿海经济技术开发区连续三年位列中国化工园区三十强感怀

欲看层巅旖旎生，总将壮志赋征程。
三千新业扶摇起，乐上潮头敢与争。

---

① 仨瓜俩枣：指琐碎、不值一提、微不足道的事物。

芒 种

芒种忙里歌，清风犁铧我。
相期雨水肥，往来耕阡陌。
节序又逢新，白驹隙中过。
秋获报农家，仓廪稻香朵。

高考寄语

数载寒窗锁志坚，身披战甲过书山。
万帆千舸鹏当举，九鼎三军汝敢先。
今日墨毫圆旧梦，明朝金榜展新颜。
才膺重寄行天下，再企高峰任我攀。

蛐 蛐 曲

衔风入夜清，萧萧何处鸣。
或谱相思曲，绕墙万千声。

劝励歌

自古流水东逝,人生岂耐消磨。
几度潮生潮落,岁晚所剩无多。
莫图清凉安稳,又愧两轮如梭。
今虽鱼翔浅底,他日定踊川波。

入夜思君枕上作

夏风半已经,孤窗月色清。
故人难重见,邻欢不忍听。
有思八百里,无端一枕应。
日日拥良夜,两地对疏星。

一落索·夏日西阑荫碎

夏日西阑荫碎。偷看枝坠。杏樱结子竞纷纷,晓露染、滴青翠。
好雨遍行佳惠。绿红篱内。年年若许醉其间,昼复夜、求丰岁。

今趁西窗月

浮生自有为，遑论黯须眉。
意气多在我，此外舍其谁。
慨当时奋励，不怨老大悲。
今趁西窗月，翻书入罗帷。

盘锦兴隆台城区杏花待放

春日春信传，春树春草间。
杏台斜枝好，遥招玉人攀。

藏头诗·请君承天意

请君承天意，假若启新风。
休与他人比，息止俗事争。
去减浮名扰，当思日月更。
考量农桑苦，官威不可生。

父病术后陪护

病榻侍疾心，忧思万念沉。
缘何生雪发，一夜感亲恩。

连雨今日傍晚渐晴

连日西窗雨，淅淅密似帷。
野桥风欲瘦，垄坝水初肥。
亭馆棋将老，楼台燕不归。
天公知众意，拨见曙光微。

昨日得友相赠园内新果随作

阔谈纵横事，意从畅快吟。
三番品新杏，五载交慧心。
谊共长天老，知向辽水深。
忽又倾相赠，一颗值千金。

得路兄回信是夜偶感

夏木荫何楼,星茫荡晚忧。
山头飞片雪,一纸渡心舟。

相 思

弯弯新月横,点点流萤小。
疏星窥碧窗,清风戏池沼。
良夜与君分,水阔烟波渺。
无聊拈戥子[①],欲称相思恼。

入伏纳凉

熏风腻万家,溽热透单纱。
林密蝉争树,荷幽蝶立花。
纳凉三寸雨,解暑一盘瓜。
晚观池塘里,闲听两部蛙。

---

① 戥子：测定贵重物品的小秤。

为苏东坡题

一介文豪东坡，悲喜苦乐何多。
老饕笑对天下，笔墨纵观嵯峨。
遥见小舟遁世，苏堤从此生歌。
我慕古代才子，情爱纸上谈说。
暗数残更灯火，大梦君可知么？

忧心洪涝侵袭河南

狂雨现狰狞，盘涡恣豫城。
心忧百姓苦，耳闻救助声。
十省通衢地，万里驰援增。
何时除晦夜，初阳晓天横。

杨倩、侯志慧东京奥运会摘金

一

横戟扶桑地，金戈逆旅开。
出师双彩胜，独秀两金钗。

二

昂首入东瀛，神州猎猎风。
一麾得胜日，疑似遣天兵。

全红婵满分跳水

东瀛风云会，日月谁更先。
四海出挑者，名谓一红婵。
娇娃多励志，刻苦自弥坚。
惊闻贤孝者，医母赚银钱。
泽深百川往，艺高德为天。
今歌木兰女，有泪如涌泉。

白头吟

雪映梅花又将春,河开燕过牛马走。
垂丝旋即可蔽日,徒留飞絮望墙柳。
十载故人谁识君,少年面目君记否。
回回空叹雪鬓增,唯余青丝恨白首。
古人相知赠以言,今人相交举以酒。
殷勤三碗醉花间,酒罢踌躇悲所有。
曾经心怀向远志,多少豪情大如斗。
升沉得失尽由它,春荣秋谢无长久。
人生百岁能几时,世上浮荣难不朽。
万事如斯莫唏嘘,瞬息白云变苍狗。

雨中夜跑

晚来小雨胜琼酥,大汗匝肤入画图。
何惧闲愁三百盏,此番消却几杯无?

一剪梅·立秋感怀

　　霁霭疏风晓夜收。凉生庭下，何树先秋。鬓霜冉冉问帘钩，今事悠悠，往事悠悠。
　　寂寞三更卧小楼。谁解多情，谁问新愁。拥衾倚枕梦难休，恼罢床头，又乱心头。

秋

哀惜节序换，慨伤造化工。
秋老人愈老，花空泪亦空。
多情何所有，秦楼一梦中。
秋风非负我，是我负秋风。

写诗自嘲

无事乱呻吟,何须认作真。
得失说爱恨,俯仰写悲欣。
晓梦凉残月,秋怀问房尘。
蜉蝣浑似我,诗里幸容身。

满江红·七十六年前日本无条件投降

泱泱中华,几风雨、偏遇瘴多。倭寇入、渔阳箭鼓,顷刻嵯峨。仇耻难平生铁志,成城猎猎岂蹉跎。保家国、万众请长缨,惊海河。

旌旗与,跌宕磨。匹夫义,定风波。荡气扬威武,胜守城郭。恁尔惊涛多少雪,一轮明月朗星河。忆峥嵘、今我在潮头,听浩歌。

晚来急雨

轻雷滚地暗云颠，尽教闲愁乱晚天。
一枕离情凉月影，又听风语落孱肩。

晨跑随感

任凭窗间过马，心中四季皆花。
最贪闲处秋早，乐与雀鸟争哗。
记取微风七里，滴汗洗浣朝霞。
从来钟鼎是梦，物外即我仙家。

与师兄雨中散步

不觉身已知天命，总把功名付渺茫。
眼底浮生藏自若，眉间风月羡疏狂。
海棠有意忧春老，白发无情恨岁长。
沥沥十年江海梦，飘零此夜最微凉。

连日雨后感秋

昼夜多绵雨,狂生入乱流。
烟迷津驿道,风起故园楼。
旷望萍踪断,凄谈雪鬓收。
不知何岁几,忽转廿余秋。

闲　居

碧云青山伴,翻书试笔砚。
冬饮梅花雪,秋添白米饭。
挚友二三子,幽梦千千万。
萧散画平生,做个清闲汉。

和《牧歌》

又过垂杨上浅坡,鸣禽软碎入林多。
扬鞭牧去成新画,再唱朝时旧日歌。

兴隆台区图书馆借阅有感

尘世浮名浅，何能寄此忧？
静心安栋宇，抱朴①入书楼。

贺神舟十三号飞天

神舟惊宇内，飞箭入苍穹。
佳令盘云汉，笙歌绕太空。
拂尘星际外，斗志碧天中。
当借扶摇力，凌绝万里风。

贺双亲迁居之喜

千祥生宝地，福聚敢为先。
最祈双亲健，频将寿永延。

---

① 抱朴：道教术语，源见《老子》"见素抱朴，少私寡欲"。朴指平真、自然、不加任何修饰的原始。抱朴即道家、道教思想中追求保守本真，怀抱纯朴，不萦于物欲，不受自然和社会因素干扰的思想。

霜 降

今日北风微,沙沙响树围。
露来菊叶瘦,霜降蟹黄肥。
梦与禾田老,心随雁阵飞。
兴来观垄上,一路唱新归。

赴新岗前夜

落叶重叠成寥落,一雨敲窗暗自惊。
嫩寒锁梦江湖远,枕边不倦火烛明。
今夜与共说私语,明遭不复旧心情。
再看十里秋深处,相望东西南北城。

大 雪 吟

低云盖野彻天倾,飞羽盈空罩锦城。
万里洁白成一色,琼楼银阙壮寒声。

恰逢花开 / 旧体诗
杨建雄诗选

与青联老友食悦轩小酌

入夜小玉微成[①]，暖阁雅谑高声。
长思旧事成冢，多慨弱絮为萍[②]。
十年树头风雨，最谢互系花铃[③]。
纵使流光又转，依旧朗月心情。

无聊随作

昨日一月圆，今夜月又半。
都云惜离别，最惜韶华换。
倦旅遇孤蓬，参差杨柳岸。
谁问旧年芳，凄凄渺无盼。
我自倍伤神，愁入相思憾。
寂寞问灯花，还来勤书案。

---

① 小玉微成：指下了清雪。
② 弱絮为萍：柳絮落入水中便化作浮萍。
③ 花铃：护花铃。唐代宁王爱惜花朵，每到春天便让人在花梢上系铃铛，用以惊吓前来啄食的鸟雀。

最是闲处光阴好

井底野蛙恨尺水,舍中家鸡羡金凰。
弦月最期圆月满,人心足厌难斗量。
转瞬半生江海梦,懵地抬头一镜霜。
云散高唐无尽处,三抔黄土委身藏。
枕上诗书窗前月,墙头花露落酒香。
最是闲处光阴好,何如幽居忆洛阳。

遣 怀

仆为乡野一村郎,往事庸庸已废荒。
且唱刍荛①培净土,但成曲赋照银墙②。
少年痴梦何从系,日晚秋光尚可狂。
信马由缰皆自若,邀风对镜数新霜。

---

① 刍荛:割草打柴的人,认为自己的意见很浅陋的谦虚说法。
② 银墙:月光下的白粉墙。

恨嫁吟

至今未嫁女，千里觅何人。
芳华共梅老，幽情连水深。
雨过花还落，榻冷衣尚温。
从来鸾镜里，但见一人身。
梦里说心事，酒醒叹悲音。
人生万千恨，绵绵几十春。
长安楼头月，何日照庭门。
相思不可与，灵犀哪处寻。
常拭双垂泪，不惊鬓雪新。
愿倾世所有，安我未足心。

筹备创意征集活动[①]向非遗传承人学福字窗花剪纸

人间万象裁，一剪摄魂开。
奇韵生神笔，幽芳漫妙台。
寒冬邀众意，风雪拜师来。
手吐霓虹趣，心花落九垓。

---

① 为筹备2022年迎新春创意征集活动，市直机关干部到非物质文化遗产传承人工作室，学习剪纸窗花创作。老师认真讲授，学生潜心学习，不看窗外飞雪，但见室内生春。

旧体诗　恰逢花开 杨建雄诗选

慢　跑

汗雨茸茸洗面杀,一袭飞影伴轮华。
蜉蝣半世休须问,且笑春风过我家。

赞老父习字[①]孜孜不倦

向晚捉闲笔,朝朝砥墨山。
从来攀试者,何惧耄耋年。

[①] 还有28天,老爸虚岁八十高龄。他农历生日小些,可赖两岁,毕竟是有了年纪了。以前不觉得老爸老,总欺负他帮我做点生活小杂事,比如拎米面、搬大白菜。今年做了手术后,他饭量就没以前大。他最喜练习书法,如今也不能天天写了。昨晚我逗老爸,说:"我搞迎春活动,为市直机关干部职工写4500副春联。老爸也是书协会员,你给写些行不?谁得了你的春联,也是借你的寿,积福呢。"老爸立刻摇头:"不行不行,我万一写坏了,得浪费你多少纸。对联纸挺贵的。咱家自己贴,我写。"以前,老爸特别喜欢把作品相赠他人,甚至自己掏钱去装裱木框,还得打车给人家送去,我和老妈总抱怨他为此开销太多。如今我想让老爸开心,写几副春联,他却不像上半年时很痛快答应,不觉一阵心酸。因此,大清早上班路上等红灯时写了四句。老爸就喜欢我夸他,遗憾的是他不会看朋友圈,我夸多少,他也不知。

三更无眠

虽老最厌闲,风物入诗癫。
浅梦三界外,浓茗四季仙。
不畏荆棘刺,敢挑定军山。
聚散长已矣,春秋几念间。
促膝可谈者,谁人与心宽?
相知并相杀,去去亦不还。
将思酬过往,以静慰高眠。
楼头观逝水,千古一同源。

数日加班杂感

烈风飞乱雪,寒云问年嘉。
才欣春草绿,倏叹岁交加。
忧怀小窗静,寂寥孤日斜。
幽幽怯深院,瑟瑟恨凉茶。
世路本多舛,谁悲减韶华。
莫论醒复醉,趁兴折梅花。

壬寅元日独坐

稽首叩芳晨,难成一曲新。
独添金谷酒,怅念玉堂人。
照水梅花雪,临风未了尘。
桑田知欲海,寂寞锁吾身。

壬寅立春题寄

常日逢欣日,东风晓色温。
寒轻知昼暖,薯罕觉春痕[1]。
衣冠新词曲,亭台旧苑村。
杖头三碗酒,微醉上昆仑。

---

[1] 今日值班,下班后梅娘说要给爸妈做个春饼卷豆芽土豆丝。遂去超市,土豆竟没的卖了。一问,因今立春,土豆早已卖光。这也奇了,盘锦百姓购买力真真了得。回来后随意写首应景,"薯罕觉春痕"便是纪念立春当日买不到土豆之意。

壬寅正月十三夜雪

庭外飞琼屑,天黑辨不得。
夜扫入径风,寒藏桥头月。
万事合其难,怯对东君说。
欲教春芽发,先度梅花雪。

整理诗稿随记

玄度①照孤帷,青灯敛悴眉。
笔来长下泪,中有数年悲。

新华社客户端刊发《非遗文化"飞进"盘锦百姓家》

频听喜讯传,颂我启新端。
此去殷勤顾,他朝上顶巅。

---

① 玄度:月亮的别称。

旧体诗　恰逢花开　杨建雄诗选

晨跑后泡澡感作二首

一

履踏嫩寒春来早，大汗妆墙影正好。
劳生有限行乐时，三尺温水桃花岛①。

二

绿鬓朱颜难永葆，少年莫笑我已老。
旧日情绪无从知，犹赖春寒惹人恼。

与友稻作人家②中饭

偷闲来稻作，聊以慰蹉跎。
世路逢新友，江湖泛梦波。
临窗听往事，拥袂③共高歌。
若得惺惺者，从来不必多。

---

① 三尺温水桃花岛：说的是在自家泡澡惬意之感。
② 稻作人家：盘锦荣兴稻作人家民俗文化村。
③ 袂：袖子。

开学前请清浅、芊芊米兰西点谑作

米兰①招客晚，饿眼望将慌②。
风卷柠檬水，狼吞雪媚娘③。
大盘遗唾少，小二荷食忙。
好赴蟠桃宴，惊呼一扫光。

盘锦惊蛰④

昨夜东风催地软，轻寒已罢势还微。
眠虫才醒春光瘦，梦雨幽心待共归。

---

① 米兰：米兰西点，盘锦市区一家西餐店。
② 开学在即，按例请清浅、芊芊两个外甥女吃西餐。因忙着，忘了预订，偏今日食客极多，在店外头候座近一小时之久，三个人着实饿得紧。上一个吃光一个，真真粥马温横扫蟠桃宴一般无二。生活小事，记下几句。清浅回说：不错不错。遂留此为念。
③ 雪媚娘：源自日本，原名为"大福"，是日本的地道点心之一。
④ 都说惊蛰可听春雷，那是南方，盘锦的惊蛰仍感微寒，不过阳气上升，便是有风，也不那么冷了。期待几场春雨过后，石油大街的桃花吐蕊，春满华枝。

旧体诗　　**恰逢花开**
　　　　　杨建雄诗选

加班[①]感言

今始又加班，残星何知晚。
对静悄无人，迎风问路远。
甘为智虑役，眉头不得展。
忧来使人瘦，褰上月应缱。
夜半回寒庐，惊诧邻家犬。
吠声大似天，欲罢不能喊。
冷锅谁能知，剩饺不肥软。
怀思意气生，临窗写书简。

清　明

杏子枝头匀粉面，堂前微雨洗新燕。
不知谁个有情痴，试弄柳腰成软线。

[①] 近来又开始加班。昨夜里凉得很，许是穿得单薄吧。回到家，竟吵醒了邻居家的大狗，整个楼里犬吠震天。总算回到屋子，冷锅冷灶，悄无声息。上周六给爸妈包的饺子，老妈怕我饿着，都给我拿回存冰箱里。简单果腹，没热透，有点硬。如此状态，依旧不影响写几句。怎奈太累，写着写着便睡着了，今晨醒后，赶紧补上后八句。

恰逢花开 / 旧体诗
杨建雄诗选

自题小像

艰岁身空老，衡茅[①]卧榻仃。
乱云观阔野，孤水望流萍。
欹枕[②]诗书晚，悲秋睡梦惊。
与风说旧事，瑟瑟未曾听。

暮 春

青芜曲径露斜，泥香又见燕家。
枝头新翠遮苑，夜雨落尽池花。

---

① 衡茅：衡门茅屋，简陋的居室。
② 欹枕：欹，歪斜，倾斜。欹枕，即斜倚枕头之意。

五月二十日与玉兄法餐后①感作

皋月②黄昏星降,邀约西楼楼上。
迷迭③半朵沾赏,沉疴三杯忍状④。
残酒偏劝残黄⑤,莫失还添莫忘⑥。
相知谁付汪洋,我自当仁不让。

《恰逢花开——杨建雄诗选》得山房主人荐、松涛老师序

半生梦非梦,长夜眠未眠。
难懂楼头隐,应晓槛外怜。
何幸青灯晚,才有千首全。
愿趁山月晓,得听伯牙弦。

---

① 玉兄美意,诚邀法餐,又初识雯娣,甚是高兴。不想巧逢5月20日,遂也追个时髦。相谈甚欢中得知玉兄昨日竟是犯了腰痛旧疾,今日硬撑着来约,这着实让我过意不去。如此情谊,桃花潭水远远不及。
② 皋月:五月。
③ 迷迭:迷迭香。
④ 玉兄突发腰痛旧疾,强忍赴会。
⑤ 残黄:老大未嫁,以残黄为喻。
⑥ 莫失莫忘:相互之间不能失去不能忘记,指情谊非常深厚,不离不弃。《红楼梦》通灵宝玉上的刻字。

端午连雨老屋漏雨偶作[①]

恨霆连夜长,绵雨惊声破。
墙罅疏疏滴,牖[②]细细没。
弱力笑徒劳,微思愁成错。
老大何所营,叹向孤灯卧。

坚持晨夜慢跑

绕水寻风意,穿林乱鸟飞。
扬眉迎早日,快履送斜晖。
梦与家山老,心随我愿归。
浮生无欲诟,乐此几人微。

[①] 住了十八年的老屋,每逢下雨北墙就漏水,墙面"地图"绵延,端午这几日愈加严重。写上几句,纪念伴我清欢之旧宅,虽破,情深。

[②] 牖:窗户。

辽滨培训[①]逢雨兼天黑小咬奇痒杂感

残云忽成雨，夏凉可比秋。
蹙眉听喧噪，缩颈感凉飕。
飞蚊绕曲径，小咬[②]聚园楼。
嚼[③]肤一瞬过，皮痒久难休。
昨宵谁入寐？破睡[④]见窗幽。

连雨忘伞衣湿鞋漏[⑤]有思

斜雨晓妆花，惊我形容陋。
嗔怨罗衫湿，恼恨春鞋透。
平生惯晦暝，哪有晴时候。
无处遣幽忧，任风满襟袖。

---

① 来辽滨培训，偏巧赶上下雨，我只带了半袖裙子，未免瑟瑟发抖。学校的蚊子和小咬甚有"亲和力"，对远客不停地围追堵截。我和新结识的同学在舍外聊天也就半小时，已是奇痒无比，到下半夜也还痒着，一夜未得好睡。不知哪位同学昨夜与我感同身受。

② 小咬：方言。指蠓、蚋等类昆虫。人被叮咬后局部肿胀，奇痒难忍。

③ 嚼：叮咬。

④ 破睡：使睡意消失。

⑤ 这几日阴雨连绵，偏巧昨日忘带雨伞，手机没电，叫不到车，又赶时间，无奈只能雨中行走一个多小时，妆容尽花，全身湿透。最恼恨的是，上次下雨发现鞋子漏水，这次另外一双鞋子竟也漏水，待回到办公室，鞋子潮湿了一整天。这个难受，甭提了。

老友舍茶为诗集讨换玺节[1]

有志今何寄，霜晚半已经。
琢诗无丽句，勤书有心冥[2]。
尘喧生幽想，寂寞涨川汀。
感君劳解赠，念念别离轻。

雨后不眠闲听蛙鸣

快风筛喜雨，霁后晚来佳。
叫月何独我，不眠水底蛙。

---

[1] 老友去年知我要出版诗集，说他愿舍己十数年藏普洱茶饼，为我换春龙先生一方印，将来好加盖在诗集上，方显雅致。难为老友替我想着，要知道，幼年家徒四壁，我的印都是自己用肥皂刻成，粗劣不堪，后来参加工作及至今日，也不过只请人治印两枚，每枚100元罢了。今日得了这印，自是欢喜不已。最要紧的是，老友特别爱茶，多年珍藏的茶饼爱得什么似的，却用来讨换一印，只为圆我残梦，此情必将感念余生。玺节，印章。我的新印四字为"四无斋主"，系我自己拟的号。印面设计为老友和春龙先生议定。

[2] 心冥：专心致志，内心宁静。

忧心盘锦连雨水位上涨

长日多连雨，龙公倒苦淫。
颓云千岭瘦，野水一镜深。
旷望禾农念，飘摇赤子心。
不见三更月，空对几愁吟。

绕阳河盘锦段险情夜防有作

白水连堤险象生，天河倒灌恶涛澎。
八方夜守绕阳去，何惧浊流面目狰。

恰逢花开 杨建雄诗选 / 旧体诗

昨日大暑急雨城西水漫街头

急雨瀑成川，衢①街浸入船。
漩②吞车马脚，浪没御③人肩。
目断云遮日，身穿水漫天。
尔生何处去，步步漾行湍。

忧连日暴雨泛溢堤防之患

海天倾夜雨，一泻壑丘平。
澹澹④收田畎，粼粼动树缨。
长堤归棹⑤急，狭岸落风惊。
职思何劳问，忧怀见此生。

---

① 衢：四通八达的大路。
② 漩：回旋的水流。
③ 御：驾驭车马。
④ 澹澹：水波荡漾。
⑤ 归棹：返航的船只。

临江仙·立秋

又是闲秋悄至，浮生往恨何穷。无聊光景太匆匆。落花才去远，流水过西风。
惊起思心他处，回头眸底眉峰。寂寥吟遍月深丛。孤灯摇树影，新梦与谁同。

蟾宫曲·盘锦夜

盈盈暮色初华，几点啼鸦，半片月牙。
入夜风景，婆姨仨俩，新朋七八。
鼓点催人蹦嚓，炉火邀风煮茶。
曰俗曰雅，世味清欢，何必评跋[①]。

秋凉入夜加班有怀

案独谁人知，百感回肠寸。
唯有拳拳心，不知何处顿。
夜来深灯明，惊得星星问。
又见北风来，秋上双青鬓。

---

① 评跋：品评，评议。

瀚新大商超市改"全都有"[①]超市买菜杂思

闻道全都有,纷纷车马奔。
鲜蔬弥老眼,旧店浸新痕。
品购多千种,廉沽少几文。
俗尘何所兴,烟火一柴门。

盘锦驱车北镇秋游

秀野独行里,青山数意生。
红霞托晚日,紫果抱疏藤。
塍染深黄稻,墙扶烂醉翁。
一年真好色,无不入新丰。

[①] 经营多年的瀚新大商超市退出历史舞台,取而代之的是8月25日开业的"全都有",素来以物价便宜闻名。傍晚陪老妈去逛逛,果然门口车辆拥挤,室内人头攒动,摩肩接踵。对于我这菜场常客,人多排队倒无所谓,真心便宜就好。很难看到如此热闹的超市,不禁感慨起来。

为诗集画梅花插图

匆匆那年谁人见,管自雪下现。
踏月盈怀思悄悄,夜凉孤影乱。
不似从前爱东风,栏杆都倚遍。
而今老去说梅州,千呼并万唤。

壬寅十月十九盘锦初雪

次第垂白饶有兴,蒙蒙漫漫风不定。
梦里冬潮步声微,应是一地寒花静。

傍晚归家堵车

切切归家晚,凌寒欲正催。
笛长惊叶落,时短耐心灰。
车马相交错,虹霓共倚偎。
同为匆了客,何必怨成堆。

自 惭

独起微尘念，百载若浮烟。
浅深沟壑里，进退迷楼前。
悲与寒霜没，愁并勾月残。
等闲说前事，新年憾旧年。

白发杂感

白发卧吟身，无由怨北尘。
诗中漂旅客，枕上断肠人。
鲛泪才成梦，愁心又近春。
知音寥无几，相看两难寻。

黑风关古镇观雪落枯枝成吟二首

一

均匀一世来，寂寞话空白。
不知心底事，徘徊百树开。

二

形容谁更瘦，闲愁满正开。
最是风解语，多情独自来。

写诗三年

飘零惊岁晚，愁寞寄诗花。
一枕伤心泪，三年怅鬓华。
青灯留世客，丹墨乞生涯。
归路蹒跚老，行行纸上家。

残 荷 赋

茶闲人对秋萧索,平生几欲写残荷。
苦恨年年看秋色,愁思残月求不得。
绝词难成恼不眠,灭烛抛书向昏黑。
夜阑人静无语时,我自翻转何由彻?
今夜戚戚得此题,先发悲心悲愁别。
欢喜满园妍魅并,谁见荒塘草一棵。
绝知秋意今来早,无可奈何餐秋色。
故园娇媚不可见,秋风秋雨秋荷落。
几度秋漪风半掩,归棹凌寒秋水阔。
素裳参差几重叠,离魂分魄独望月。
不知谁解惜娉婷,暂且凝眸对香雪。
荷不能言我无语,日日相对生清绝。
碎阴横斜云明灭,此情不知向谁说。
酒冷夜深寂寞歌,翻书无从下笔墨。
不见秋醉眉淡抹,独自秋寒抱孤洁。
怅望残荷感凄清,南唐旧事犹不舍。
繁华几剩在下荒,霜鬓衰颜意难折。
怜香惨淡知有谁?唯见影乱西风冽。
萧萧狂飙改秋妆,冷日寒节最虐苛。
谁怜我倦发悲音,大器自古当须磨。
今我半首残荷赋,动地惊天撼山贺。
不屑唐宋千百诗,懂我残荷岂无多。
谁怜我心同叹嗟,日月精诚感魂魄。
陋室虽贫不足道,雅静一人安乐窝。

迟暮当归多悲愁，人老念旧思昼夜。
前人已矣今人唱，曲罢荒塘召四野。
漠漠众生我不学，唯我其神寒江射。
红楼半部痴空惹，人世长恨痴情者。
凭生好诗无人和，子期归也琴不瑟。
空有相识无知己，古来圣贤多寂寞。
今我残荷不堪折，花自大惊花自怯。
已晓茫茫人海阔，最难知己泛清波。
我愿倾囊其所有，千里同骑共长歌。

后　记

　　自幼受父亲熏陶，我甚喜古典文学和书画。由于患先天哮喘，每每犯病喘咳得厉害，无法上学，所以在家自学课本之外，倒是多了很多闲暇读小人书，习软笔书法、白描和国画。

　　父亲教我背的第一首古体长篇是《木兰诗》，随后诵的是李白的《忆秦娥》，都是在我生病之时边打吊瓶边背诵，那个时候我应是五岁。直至今日，我依然能非常流利地背诵全篇。

　　因生病常年卧床，父亲母亲为奖励我病中学习成绩尚好，就常给我买小人书。以至于后来即使病愈，我也喜欢把压岁钱攒着买小人书。印象深刻的作品有《水浒传》《儒林外史》《长生殿》《阿拉丁与神灯》等。六七岁的我，识不了很多字，就通过翻查字典完成阅读。

　　父亲也是自幼喜欢画画。大概是遗传了他的基因，所以我幼年之时，刚会拿笔就涂鸦。这样，喜欢读，又愿画，到初中毕业时，我已画了很多国画、白描，读了很多经典名著，对我影响最为深刻的便是《红楼梦》。有人说《红楼梦》是才子佳人之书，我深切觉得非也；有人觉得《红楼梦》篇幅太长，人物众多，根本没耐心读下去，我亦很是不理解。因我不觉其生涩难懂，要知道，《红楼梦》之魅力是无限的。感恩上苍让我在14岁那年，有机缘在书店遇到了《红楼梦》，我花了积攒了多年的压岁钱二十八元六毛，买了庚辰本上下册，通宵达旦，读得那叫酣畅淋漓。别人可能只读一遍《红楼梦》，而我前后读了数十遍。慢慢地，有的章节、诗句我都能背诵，生活中若遇与《红楼梦》有关的一切语言风格、行事做派，都倍感亲切熟悉。及至现在，一部《红楼梦》真是惠我半生，对我的思想、喜好，包括择偶交朋，都有着潜移默化的影响。后来，我还临摹了著名人物画家刘旦宅老先生的《石头记》长卷40米，曾被曹雪芹纪念馆索要收藏，因我舍不得，馆长遗憾作罢。

　　时至今日，回想当年的小人书、《红楼梦》，以及与父亲学画，竟滋养了我日后对文学数十年的偏执热爱。但不得不提的是，实际上，2019年以前，我从未写过诗。恍惚记得2008年因与荒堂几位老友一道唱和，曾试着写过绝句律诗，也大都不

后记

符格律，左不过是闹着玩的。

行走世间数载，少不得郁结、孤独和落寞。在我困顿颠踬的日子，偶逢朱珠先生，与我往还渐多，白首如新，倾盖如故。仅通过我的文字，他就能理解我半生所求所慕，而后对我不乏耐心教诲真情启迪，并援手相助，令我不再为困窘所局，亦让我生发向阳之念及诸多灵感。蓄之既久，其发比速，从2019年8月13日开始写，直至今天，几近三年时间，共得了千余首。拙作不堪，左不过是一种情绪、一种感怀、一种慨叹，欢愉夹着清苦，哀怨里亦有奋发，权且算我对自己、对我眼里的世界、对我过往人生的一份所思所悟吧。

原来我也曾有梦想出版诗集之念。随着书读得越多，练笔亦多，越发觉得自己此想甚是浅薄，因此便打消了此念。

去岁某天，与师兄雨中散步，他专程就此与我谈了一个下午，让我定把诗稿结集成册，尽早出版。言下之意：人的一生，美好的可留下的事物不多，能出版一本诗集，这乃是一种精神之需和至美之享。我说想再写十年，待退休后出版，他说那太迟了，理应现在就让知近朋友与你共同分享这样一种快乐。

故此，在师兄和我一同窗率先支持鼓励之下，我才坚定了出版诗集的想法，开始整理诗稿，并绘插图。随后，诸多新老朋友得知，都纷纷慷慨集款，又帮我治印、拍照、核稿，盼我能早日达成所愿。尤其李松涛老师，他是一级作家、中国诗歌学会副会长，一位博雅的仁者，笃厚诚挚且高华其内，身患眼疾之时却能劳心费神为我写序，百余首小诗能得老师亲笔点评，芳草落英间让我倍感文学艺术之境高远博大，深受鼓舞。还有，辽宁省摄影家协会会员李欣老师以其独特视角和用光技巧，为我拍摄了一张民国风封面照，乃佳作天成，妙手偶得。需要提一下的是，我的外甥女眭清浅，她自幼学画习琴，也是我所有诗作的第一读者，在我练笔之初，是她为我的习作提出修改建议，小小年纪亦是我师。所有这些，给予我的，不仅是出版经费的赞助，精神上的支持，还有我们所有人对文学艺术的尊崇与追求，是一种纯粹的向往，一种感性的成全，真真是弥足珍贵。

《肖申克的救赎》里说：这个世界穿透一切高墙的东西，它就在我们的内心深处，别人无法到达，也触摸不到，那就是希望。出版在即，我想，我应该做的就是葆有这份热情，让我的心念得以释放，让我和我的朋友们的希望能获永生。这也是表达我对他们深沉谢意的最直接的方式。

由于本人水平有限，书中难免错漏，恳请您的指正。

一切尽在不言，鞠躬再谢：我这多舛的半生，知我懂我的朋友！

杨建雄于二〇二二年七月